Isolde

BLT
Mit der Welt
auf Buchfühlung

Brigitte Schwaiger

Brigitte Schwaiger, geboren am 6. April 1949 in Freistadt/Oberösterreich als Tochter eines Arztes, unterrichtete nach ihrem Studium Deutsch und Englisch in Spanien, malte und bildhauerte nebenher, kam dann über die pädagogische Akademie zum Theater und zuletzt zum Schreiben. Sie verfaßte Theaterstücke, Hörspiele und Lyrik, wurde mit dem Kulturpreis für Literatur des Landes Oberösterreich ausgezeichnet und gewann zahlreiche Stipendien. Ihr Erstlingsroman »Wie kommt das Salz in das Meer« wurde zu einem sensationellen Erfolg und in mehrere Sprachen übersetzt.
Brigitte Schwaiger lebt heute in Wien.

Brigitte Schwaiger

Ein langer Urlaub

BLT

BLT
Band 92 013

Lizenzausgabe für BLT.
BLT ist ein Imprint der Verlagsgruppe Lübbe.
Printed in Germany, März 1999
Einbandgestaltung: Gisela Kullowatz
Titelbild: Stockworks – Superbild
Autorenphoto: Gabi Strauss
Satz: hanseatenSatz-bremen, Bremen
Druck und Bindung: Elsnerdruck, Berlin
ISBN 3-404-92013-9

Der Preis dieses Bandes versteht sich einschließlich
der gesetzlichen Mehrwertsteuer.

Inhalt

Du bist, du bist, sagt er und sucht nach einem Wort. Er hat mich schon alles genannt. Jetzt fällt ihm etwas ein.

Du bist nicht! Das ist es, ruft er. Du bist einfach nicht! Jetzt habe ich es erkannt. Du bist nicht.

Ich werde ihm den Bericht liefern, eines Tages, denke ich. Er wird eines Tages erfahren, daß ich bin. Daß es mich immer gegeben hat, daß ich immer gewesen bin. Ich werde, wie der Engel Metraton, alles aufzeichnen. Ich werde sie erzählen, die unmögliche Geschichte. Graben werde ich, zwei Jahrzehnte lang. Was war.

Denn er hat es so gemacht, daß ich verwirrt werden sollte. Ich hatte, als ich von ihm weggehen durfte, keine Erinnerungen. Er hat mir gedroht, hat alles noch einmal heraufbeschworen. Wenn du redest. Wehe, du redest.

Wehe, du erzählst. Wehe, du gehst nach Madrid. Wehe, ich erfahre, daß du in Madrid bist. Dann hast du die Kugel im Kopf, und die anderen, mit denen du bist, lege ich um, und dann richte ich mich selbst. Wehe, du bleibst in Spanien. Es ist mein Land, sagte er, mi tierra. Spanien ist meine Heimat, also hau ab.

Das war das Ende einer Sommerliebe, einer Sommergeschichte, vom Juli 1967 bis zum Jänner 1972. Fernando Rivera Rojas, Eduardo Gonzales, Adalberto Ojeda Reyes, für sie habe ich dieses Buch geschrieben, über Miguel Herreros Lopez, den ich Ende Juli 1967 auf der Farm von Don Carlos Luis de Cuenca beim Dorf Las Rozas kennenlernte, der die Mitgift nicht zurückgab, der mich über meine Bürgerrechte in Spanien mit der Absicht täuschte, mich ganz in seine Gewalt zu bekommen. Der ein Veterinär ist und dem Militär diente und eine Abfindung bezog, nach vielen Jahren, der zum General aufsteigen wollte, sich am Putsch vom November 1980 nicht beteiligte, weil er mit Grippe und Fieber im Bett lag, der mir 1988, als ich ihn besuchte und fragte, weshalb er mich gequält und bedroht und beschimpft habe, antwortete:
Im Krieg und in der Liebe ist alles erlaubt. Für den Krieg und Liebe nur einen Vorteil haben: grenzenlose Macht. Aus persönlicher Erfahrung kannte er weder das eine noch das andere. Wofür er mich so sehr bestrafte, weiß ich bis heute nicht. Ich glaube, sein Haß war irrational. Fernando war ihm sehr wichtig.

Vielleicht hat er Fernando geliebt. Den kleinen Latino, der mit Frauen nur Glück hatte, immer wieder Glück. Dem mußte er mich wegnehmen, einfach so. Als Spanier einen Sieg erringen über die Ausländer, die in Madrid studierten. Vielleicht war es das. Und ich war die Schachfigur in seinem jämmerlichen Leben. La extranjera, die Ausländerin. Mit der man machen darf was man will, denn in Spanien hat sie keine Freunde und vor allem keine Verwandten. Nur ihn.

Zliv in Böhmen, 17. 8. 1993

Das schweigsame Mädchen

Bevor ich Miguel Herreros kennenlernte, war ich ein schweigsames Mädchen.

Ich barg eine Welt in mir. Von dieser Welt wußte niemand, denn ich wurde nicht verstanden.

Mein Traum war, eines Tages eine Schriftstellerin zu werden. Ich brauchte nur an einem Schreibtisch zu sitzen und durfte in Phantasien leben. Meine Vorstellung war, daß ich als Schriftstellerin unantastbar sein würde. Ein dickes Buch von mir, ein Roman, in dem alles stand, dem niemand widersprach. So eine lange Erzählung über ein Leben, ohne daß meine Schwester dazwischenfuhr: Ist ja gar nicht wahr. Und ohne daß mein Vater kritisieren durfte. Denn was gedruckt ist, ist da und nicht mehr aus der Welt zu schaffen. Mein Buch, eine Burg aus Worten. Eine Festung, die mir niemand mehr zerstört. Dick und in Leinen gebunden. 780 Seiten. Festes, hartes Papier. Rauher Einband. Staubig kann es werden.

Aber ein Buch ist ein Buch und wiegt vielleicht fast ein Kilo. Das übergebe ich Jimmy. Er wird es dem »Detsch« überreichen.

Noch immer stehe ich in dem Zimmer, das ich als

junges Mädchen bewohnte, mit leeren Händen. Jimmy steht noch vor mir, und ich wage nicht zu sagen, so wie damals nicht: Jimmy, ich werde ein Buch schreiben, damit du mich verstehst.

Denn der Jimmy, der ist sehr nett. Und er ist der Sohn von meinem Musiklehrer. Jimmys Schwester ist mit meiner Schwester befreundet. Jimmy sieht gut aus, seine Nase vielleicht ein wenig zu gekrümmt und schmal, seine Haut vielleicht etwas zu rötlich und mit Sommersprossen auf den Händen, die vielleicht ein wenig zu groß sind. Tolpatschig sehen sie aus. Ich glaube, er beißt an den Nägeln.

Mir fällt ein, daß ich den *Tag aus dem Leben einer Fünfzehnjährigen* noch immer nicht geschrieben habe. Es ist vielleicht der Tag, der am meisten weh tut, weil ich mich erinnern muß, wie das war, neben meinem Vater, der ein weißes Hemd trug. Durch Zauberei war es immer gebügelt. Frau Kuttner beschäftigte sich viel mit den Hemden meines Vaters. Ich lernte erst in Spanien, ein Hemd zu bügeln. Miguels Mutter brachte es mir bei. Sie verwendete einen Karton, den sie hineinlegte, damit es im Schrank wie neu aussah.

Der Tag müßte beginnen damit, daß mein Vater ein weißes Hemd trägt und daß auf der Straße die Musikanten marschieren, mit dem Dicken vorne, dem Herrn Schipany, der einen Stock hält, mit dem er den Takt angibt, ernst und entschlossen. Hinter ihm die Bläser, die Klarinettisten und die Trommler, und dann die Herren mit den Federn auf ihren Hüten, die rund, hoch und wie Helme sind, ähnlich wie die Kopfbedeckung der Gardisten in London. Auch die Uniformen sind ähnlich, in ganz Europa wahrscheinlich, wenn es einen König zu beschützen gibt. – Bei uns beschützen sie eine Stadt.

Ich liege im Bett und überlege, ob ich in die Kirche gehen soll oder nicht.

Wer nicht in die Kirche geht, für den gibt es kein Kino! ruft mein Vater: Ki-Ki! Das bedeutet: Kino, Kirche. Wenn ich ins Kino gehen möchte, muß ich sagen, daß ich in der Kirche war.

Aber ich mag unsere Freistädter Kirche nur von außen. Innen riecht sie schlecht und ist modrig.

Meine Mutter hat den Tisch fürs Frühstück gedeckt, mit weißem Leinen. Ein Brotkörbchen, ein Striezel, Butter, Kakao, Tee mit Zitrone, mit Milch, Marmelade und ein weiches Ei oder sogar zwei für den Vater. Saurer Rahm in einer kleinen Flasche, die fürsorglich von der Mutter geöffnet ist. Den kann er sich selber ins Glas gießen.

Seit er in Moskau war, trinkt er morgens sauren Rahm. Wenn er fertig ist mit dem Frühstück, sind auch wir meistens fertig.

Die Mutter stellt fest: Du hast aber gar nicht so viel gegessen wie der Papa. Komm, iß noch was.

Aber Mutti, am Morgen, beim Frühstück, da schmeckt es mir nicht. Da habe ich noch keinen Hunger. Und ich esse erst zu Mittag.

Wenn der Vater fort ist, irgendwohin, auf Krankenbesuch oder auch nur in einen Wald, allein oder mit Begleitung (keine Tochter will mit ihm fahren, auch die Ehefrau nicht), ist zu Hause eine unendliche Ruhe. Sie breitet sich aus in dem schönen, weiten Vorhaus, in das die Sonne scheint an so einem schönen Sommersonntag, und ich bin glücklich, wenn von der Mutter die Worte ertönen:

Der Papa ist nicht da.

Das bedeutet, daß wir uns bewegen dürfen, wie wir wollen, gehen, sprechen, gestikulieren, wie wir wollen, denn wenn der Vater uns gestikulieren sieht, sagt er: Red net mit die Händ. Und dann hochdeutsch: Man redet nicht mit den Händen, sondern mit dem Mund.

Es ist niemand da, der ruft: Heb die Füße beim Gehn. Schau net so deppat. Schau, so tramhappert schaut sie schon wieder. – Tramhappert bedeutet: in Träumen verloren sein.

Man darf den Mund nicht offenhaben beim Zuhören. Aber mir bleibt mein Mund immer offen, wenn ich meinen Vater bewundere. Ich kann stundenlang immer nur meinen Vater anschauen. Die gerade Nase, wie von einem Lineal gezeichnet, bevor sie entstand. Ich habe noch nie einen Menschen mit einer so schnurgeraden Nase gesehen. Sie ist schmal und wird unten etwas breit. Darunter ein Schnurrbart, von dem ich noch undeutlich wußte, wie stachelig er war, wenn dieser Papa mich damals beim Abküssen mit dem Schnurrbart kratzte und mit seinen Zähnen biß.

Ich weiß alles noch genau, und es wundert mich, daß er es jetzt nicht mehr tut, wo ich es bewußter erleben könnte, denn gerade mit fünfzehn könnte ein Mädchen einen schmusenden Vater brauchen. Und es ist ja nichts dabei, eben weil er der Vater ist. Aber er blickt mir nie in die Augen. Immer sieht er von mir weg.

Das einzige, was er mir über meine Mutter mitgibt ins Leben, ist: Sie soll Matura machen und dann studieren. Wurscht, was. Hauptsache, sie wird fertig. Der Mensch ist nichts ohne Doktorat.

Mein Vater wird schon machen. Ich brauche nur zu leben und mich unterzuordnen und gehe in die Schule und schaue die Lehrer an, Professoren. Jede Stunde kommt ein anderer herein. Es gibt einen großen Dürren, der macht weit ausholende Bewegungen und schreit herum, neigt sich zu den Burschen: Ihr versteht's mich, gell? – Und darin liegt:

Die Mädchen sind ja zu blöd.

Er unterrichtet Naturgeschichte und erzählt uns das Grausigste. Er bringt ein Skelett herein und hebt den Arm von irgendeinem Bauern, der seine Ruhe nicht findet, weil die Knochen vorgeführt werden, jedes Jahr, weil der Mensch ja seinen Körper sonst nicht kennt.

Ich sitze da in meinem Kleid und mit Höschen darunter und habe schon die weiblichen Geschlechtsmerkmale und denke dringend daran, daß ich als Frau nicht stinken darf.

Meine Mutter hat keine Freude mit meinen Monatsblutungen. Mein Vater nennt diese Blutungen »Menses« oder »Mensis« – hast du die Mensis? –, und schon gehört mein Körper samt meiner Blutung wieder ihm.

Ich wehre mich mit Bauchkrämpfen dagegen, daß

meine Blutung nicht mir gehört. Mit 13 wollte ich ein Kind bekommen, beinah egal, von wem, aber ein Baby.

Ich stellte mir vor, daß mein Körper sich nicht irrt, wenn er mir die »Mensis« gibt, und mein Vater steht mit einer Spritze da, »Buscopan«, ein Beruhigungsmittel, krampflösend.

Die Schmerzen, wenn ich die Regel habe, sind so stark, daß ich mich im Bett winde und herumwerfe und weine, und im weißen Kittel steht der Mann da, mit seinem kleinen Schnurrbart, und sagt: Das ist ja wie bei einer Gebärenden.

Mein Vater ist Geburtshilfespezialist und hat schon so mancher Bäuerin das Kind mit Zangen herausgezogen. Seine Experimente macht er, glaube ich, nur bei den Bauern. Ich habe so etwas von meiner Mutter gehört. Bei den Bauern macht er gratis, was er in der Nazizeit gelernt hat: Abortus, künstliche Befruchtung, Sterilisationen, Euthanasie. Er bekommt ein paar Eier, Speck, ein Kilo Brot, Zwetschken und was sie ihm sonst noch geben. Das bringt er heim, legt es auf unser Kastl rechts von der Eingangstür zur Küche, wo unsere Brotdose steht, beim Spiegel, wo wir uns frisieren (In der Küche wird nicht frisiert!), und unsere große Schüssel. Sie ist aus Porzellan, und vieles, was wir finden, hat in ihr Platz.

Wir haben einen Vater, den gläubige Bauernaugen anschauen, denn er ist der Doktor.

Arbeiter haßt er. Das ist für ihn nur das Krankenkassengesindel. Arbeiter sind eine Bagage, wollen »tachinieren«, lassen sich krankschreiben.

Tierarzt müßte man werden. Die Viecher reden wenigstens nichts, sagt er, höchstens die Weiber, wenn sie sie bringen, die Hund', die reden dir dann auch drein.

Darin sind sich Vater und Mutter einig, daß der größte Teil der Menschen Gesindel ist. Vom Hitler abfallen. Schlimmeres hat man nicht tun dürfen. Deutschland verraten, ein Volk den Besatzern ausliefern, den Siegermächten.

Und ich habe mich in einen jungen Mann verliebt, der Architektur studiert und Heimo heißt und bei seiner Großmutter wohnt.

Meine Mutter: Den Heimo darfst du nicht heiraten. Dem seine Mutter ist geisteskrank. Der Papa sagt, der Heimo muß sich sterilisieren lassen. Erbkrankheiten tauchen immer wieder auf. Schizophrenie, Depressionen, das sind Erbkrankheiten. Der Papa sagt, er hätte keine Kinder zeugen und nie heiraten dürfen, weil er Depressionen gehabt hat.

Hygiene ist ein häufiges Wort bei uns daheim. Hygiene beginnt bei den Fingernägeln, daß sie immer schön sauber sind. Der Mund gepflegt, die Zähne sauber, das Haar gekämmt, keine Schuppen, und nur leise sprechen. Nicht durch die Nase reden, den Atem anhalten, nicht atemlos drauflosplaudern. Aber das Wort »plaudern« gibt es in unserer Familie eigentlich nicht. Sondern: Red nicht daher, halt den Mund, halt die Goschen!

Was eine Schizophrenie ist, kann der Papa erklären: In der Schule Dinge sagen, die man nicht sagt. Wenn daheim über den Lehrer geschimpft wird, darf man das in der Schule nicht wiederholen, denn sonst fliegt man aus der Schule hinaus. Beispiel Richter Susi. Sagt zum Lateinlehrer, daß er stur ist. Beispiel Elias Charly. Hat in der Schule in den Katheder gekratzt: *Demler ist ein Arsch.* Beispiel Lackinger Stutz. Hat in Mathematik zu wenig gelernt und früh begonnen mit dem »Geschlechtsleben«. Also fliegt er.

Meine Mutter ist sowieso gegen die Männer, diese Schweine, und Mädchen, die schon mit zwölf den Burschen gefallen, weil sie blühen, nennt sie »Früchterl«.

Meine Mutter pflegt ihren Menschenhaß, wenn der Vater nicht da ist. Denn das tausendjährige Reich ist ja gefallen, weil die Menschen zu dumm waren.

Mein Vater würde, wenn Adolf Hitler den Krieg gewonnen hätte, die ganze Welt kurieren. Wahrscheinlich von Prag aus, denn er hatte schon eine Stelle in Aussicht, zusammen mit einem Professor Vojta, als Gehirnchirurg.

Es gibt Personen, die sind für ihn bedeutend, und wenn ich näher frage, gehen sie mich nichts an.

Der Professor Vojta lebt in einer Stadt namens Ravensburg, und seine Frau auch, und vom Professor Vojta hat mein Vater viel, ja sogar alles gelernt. Doch der hat sich zurückgezogen, und wenn er zu uns auf Urlaub kommt und in einem Gasthof absteigt, darf ich ihn nicht einmal sehen.

Ein Dozent Metzner kommt aus Berlin, sehr laut: Na, Herbert, altes Schwein! – Und seine Gattin, eine blonde Dame mit sehr gebräunter Haut, Lederfabrikantin, dann eine zweite Gattin, jünger, auch blond, ein gewisses Christinchen, früher mit einem Musiker verheiratet, der getrunken und sie geschlagen hat.

Metzner hat einen Sohn, einen gewissen Jürgen, sehr schön, und der will zum Leidwesen seines Vaters nur Mechaniker werden.

Meine Schwester Heidrun hat sich mit einem Ungarn verlobt, der sieht, findet meine Mutter, wie ein Jude aus, und nun scheint die Katastrophe perfekt, aber da trennt meine Schwester sich von diesem Czaba und verliebt sich in einen Engländer, und meine Mutter liest uns die Briefe vor, die Heidrun aus London schreibt.

Papa bekommt einen anonymen Brief. Den zeigt meine Mutter nur mir: Den kann ich dem Papa nicht geben. Schau, was da steht: Wie kannst du als wackerer deutscher Nationalsozialist deine Tochter einem Engländer verheiraten. Weißt du nicht, daß alle Engländer ein perverses Liebesleben haben? Werde wieder der, der du warst!

Meine Mutter sagt: Vor der Tulzer Friedl müssen wir uns fürchten. Die weiß alles vom Papa. Die ist mit ihm in die Schule gegangen, und vorm Reisetbauer auch, der war ein Nazi, und nachher hat er so getan, wie wenn er keiner gewesen wäre, oder kein solcher wie der Papa. Und schau dir ihn an, den Wiesenthal, auf dem Foto da in der Zeitung, der schaut aus wie der Papa, aber der Papa fürchtet sich vor ihm.

Es war alles ein Fürchten, in der Nachkriegszeit, die noch in den sechziger Jahren anhält.

Es kommt aus Deutschland auch der Hessek – der weiß alles vom Papa –, und der Papke, der weiß wieder viel von meiner Mutter. Ich schaue nur, ob die Herrschaften Söhne haben oder nette Töchter, mit denen ich mich gut verstehen könnte. Der Wolfgang, die Sigrid und die Gudrun. In die Gudrun verliebe ich mich und dann unsterblich in den Wolfgang, weil er der Lisl ähnlich schaut, einer Freundin meiner Schwester Heidrun, und beinahe auch in Alain Delon, weil er in dem Film *Rocco und seine Brüder* der Lisl im Profil gleichsieht.

Ich gehe zuviel ins Kino, und eines Tages, mit 16, habe ich genug, weil ich mein eigenes Leben leben möchte, nicht immer nur zuschauen.

Aber Heimo küßt mich nicht. Dann bin ich soweit, eines Tages, als ich erfahre, daß er heiraten wird, daß ich ihm depperte Kinder wünsche. Eines Nachmittags haben er und sein Freund Wolf Ebner mich fast in den Selbstmord getrieben. Mit ihren Bemerkungen und ihrem Lächeln über meine Freundin Renate und mich. In dem Lokal auf dem Berg, das »Camping-Diele« heißt.

Ich ging heim und legte mich ins Bett und wollte nicht mehr aufstehen.

Mich beschäftigten viele Fragen in quälender Weise. Ich fühlte mich unfähig zu schreiben, und ich erfand dann Geschichten, in denen ich ein Mann war, der eine gewisse Cynthia liebte, sie in England besuchen wollte. Cynthia war aber tot, wie der männliche Ich-Erzähler dann von einem traurigen, alten Vater erfuhr.

Ich habe mir bestimmt ziemlich viel Kitsch ausgedacht.

Miguel Herreros, der Spanier, brachte mich zum Reden. Ich hatte noch nie vorher mit jemandem so offen über meine Gedanken gesprochen. Er entlockte mir so viele Geständnisse, daß ich ohne ihn nicht mehr sein konnte. Dann schrie er: puta, canalla!, was Hure und Kanaille bedeutet.

Ich brauchte später einen Arzt. Meine Natur war nämlich Schweigsamkeit gewesen. Miguel Herreros hatte mich umgepolt zu einem immer redenden Mundwerk. Ich sollte so werden wie er, das hatte er von mir verlangt, und ich redete so viel wie er, sagte nach, was er sagte, begann mich zu benehmen wie er, wurde hilfsbereit, höflich, freundlich, tat herzlich, und in Wirklichkeit fühlte ich von dem allen, was ich tat, nichts.

Es war, als hätte mich jemand, obwohl ich schon 18 war, als er mich kennenlernte, umerzogen. Ich begann abzumagern, rauchte beinahe unaufhörlich, trank dann sogar.

Daheim hatte ich mir hin und wieder, um mich erwachsen zu gebärden, ein Glas Cognac genehmigt. Aber neben Miguel Herreros begann ich, den Alkohol als Beruhigungsmittel zu brauchen. Ich wärmte Milch und goß Cognac hinein. Auch Zucker gab ich hinzu. Das war am Nachmittag, meist um fünf Uhr, wenn er seine Mathematik-Nachhilfeschüler um sich hatte. Am Abend trank ich Bier. Nur eine kleine Flasche. Aber wenn ich die nicht bei mir gehabt hätte, wäre ich rasend geworden. Besonders, als meine Mutter uns besuchte, brauchte ich das Bier notwendiger als ihre Mutterliebe.

Was ich von meiner eigenen Familie halte und was ich für sie empfinde, weiß ich seit Miguel Herreros nicht mehr.

Es kann ein Mann einem Mädchen die Unschuld rauben, und das kann bedeuten, was meine Mutter damit meinen würde: mit ihr schlafen. Sie sexuell wekken, würde mein Vater sagen, wäre er noch am Leben. Es kann ein Mann aber auch einer Frau mit einem Schwert den Kopf durchschlagen. Das Schwert kann dabei ganz unsichtbar sein. Auch bleibt der Kopf der Frau in der Form, die er zuvor gehabt hat. Die Frau wirkt nur nervöser, blasser vielleicht, als sie je war, und sie magert ab.

Wenn du einen Mann neben dir hast, der sagt: Bleibe schlank, dicke Frauen kann ich nicht leiden, und wenn du ihm gefallen möchtest, kannst du dich selbst so kasteien, daß du in nichts mehr ungetrübte Freude hast. Bei jedem Bissen Essen, den du zu dir nimmst, bekommst du ein schlechtes Gewissen. Das schlechte Gewissen war neben Miguel Herreros mein ständiger Begleiter.

Dabei war er noch immer der Freund. Der beste Freund.

Wir wohnten in der Altstadt einer Stadt in Spanien. Genau genommen lag sie auf einer Insel und gehörte nicht zum Festland, aber irgendwann hatten die Spanier die Insel erobert.

Man sprach dort einen Dialekt, aber auch die spanische Hochsprache. Ich hätte gern die Sprache der Einheimischen gelernt, aber Miguel Herreros fand das lächerlich. Er spottete darüber, wie die Menschen redeten. Er ahmte sie nach, und darin war er mir plötzlich sehr vertraut, denn auch mein Vater besaß die Eigenschaft, Menschen in deren Abwesenheit zu verspotten. Zu ihnen direkt war er meist freundlich, weil er Konflikte fürchtete.

Mir tat es gut, mit Miguel nicht mehr in Madrid zu sein. So konnten sich seine Freunde uns nicht nähern und auch sein Vater nicht. Wann immer seine Freunde und er und ich beisammen gewesen waren, schrie er nachher, ich sei zu wenig freundlich gewesen. Dann waren die Worte Hure und Kanaille für ihn gerechtfertigt.

Im ersten halben Jahr unserer Beziehung hatte er mich Frau genannt. Im zweiten nannte er mich Hure und auch Schlampe. Da er diese beiden Worte sehr oft sagte, glaubte ich an sie mehr als an das, was ich in mir fühlte. Ich erlaubte mir keine Gefühle mehr. Irgendwann hatte er gesagt, Gefühle seien zu nichts gut. Auch seien die Gedanken einer Frau zu nichts nütze.

Sein Schimpfwort für mich war auch unnütze Person. Es war für mich nicht schwer, ihm darin nachzugeben, daß ich unnütz war, denn auch für meinen Vater hatte ich, so kam es mir vor, nie irgendeinen

Wert besessen. Wenn ich nicht spurte, das heißt, wenn ich nicht lernte, nicht anzog im Gymnasium, war ich für ihn keine Tochter mehr.

Mein einziger Wert für meinen Vater bestand darin, daß ich etwas leistete.

Bei diesem schwachen Punkt in meiner Persönlichkeit erwischte mich mein Freund.

Wenn Herreros merkte, daß er zu weit gegangen war, daß ich nicht mehr reden konnte, vom Weinen ganz zu schweigen, entschuldigte er sich, er handle nur aus Liebe so, wie er gehandelt habe, er liebe mich eben *verzweifelt.*

Das beeindruckte mich sprachlich. Wie kann jemand verzweifelt lieben? Die Liebe, hatte ich gedacht, war doch etwas Wunderbares. Und wenn sie aufhörte, hörte sie eben auf. Dann wandte ich mich von dem einen Mann ab und einem anderen zu.

Für mich war das kein besonderes Problem gewesen, Liebe. Ich wartete, träumte und suchte. Aber Liebe war, wie Miguel Herreros behauptete, einander alles zu sagen, Geständnisse abzulegen, Irrtümer zu bekennen, Kritik anzunehmen, bereit zu sein für Tadel und dankbar dann zuletzt für die Erziehung.

Aus einem schweigsamen Mädchen hatte ich mich in eine Person verwandelt, die immerzu diskutierte. Er sagte, er sei mein Lehrer. Er nannte sich großer Bruder, Beschützer.

Wie sollte ich einen Menschen verlassen können, an

dessen Worte ich glaubte? Noch nie hatte jemand mir so viele Worte gegeben wie er, das mußte ich mir eingestehen. Noch nie hatte sich jemand so viel mit mir beschäftigt. Noch nie war ich einem Menschen so wichtig gewesen wie ihm. Ich glaube, er sagte sogar: Ich bin deine Mutter, ich habe dich geworfen.

Ich bin ziemlich sicher, daß er parido sagte und nicht dado a luz, zum Vorschein, ans Licht gebracht. In Spanien gibt es zwei Wörter, wenn nicht mehr: jemanden werfen, jemanden gebären, schwanger sein, trächtig werden.

Ich hörte auf, neben ihm, mich für die Sprache zu interessieren. – Wenn ich dann trächtig bin, sagte ich einmal zu seiner Mutter. Sie korrigierte mich. Es heiße schwanger, bei Menschen.

Ich glaube, daß Miguel Herreros damals neben mir stand und lächelte. Denn ich sprach ja nur so, wie er es mir beigebracht hatte.

Der Tierarzt Herreros sprach von einer Kuh, die so ähnlich sei wie die Frau, denn eine Kuh und eine Frau brauchen neun Monate, um ein Kalb oder ein Kind auszutragen.

Mir machte der Vergleich nicht allzuviel aus, weil ich an ihn gewöhnt war. Jahre später näherte ich mich auf einer Alm Kühen. Ich blickte ihnen in die Augen, den grasfressenden Freundinnen. Ich fand Trost im Angeschautwerden von demütigen Kühen, die nichts von mir erwarteten und mich gelten ließen so wie ich sie.

Aber ich wußte damals nicht mehr, daß Miguel Herreros mich vaca ausstrích genannt hatte, österreichische Kuh.

Fernando

Häßlich war er. Klein. Er bat nicht um einen Tanz, er nahm mich einfach mit aufs Parkett.

Mitten in einem der Tänze löste er sich von mir, und dann schaute ich nur noch ihn an. Er ging in die Knie, drehte sich im Kreis, tanzte für sich allein, irgend etwas Wildes, was man normalerweise nur im Dschungel macht. Vielleicht bei einer Beschwörung.

Er führte mich dann wieder.

Sein Name war Fernando, und ich liebte ihn.

Servieren, den ganzen Tag. Abends schönmachen und zum Tanz. Fernando führte mich aufs Parkett. Er wirbelte dann allein, führte mich, und nach dem Tanz mußte ich mit ihm in eine Wiese gehen.

Ich empfand es so, daß ich mußte. Denn ich wußte ja nichts von der Liebe, und er führte mich in die Liebe ein.

Meist küßte er mich, bevor er mir den Rock hinaufschob und die Strümpfe und das Höschen auszog.

Er küßte meine Scham, dann zog er mich wieder an.

Ich hatte eine Reiseschreibmaschine bei mir. Sie war nicht zu gebrauchen. Herta, die Ordinationsassistentin meines Vaters, hatte sie mir geliehen. Sie funktionierte nicht mehr, aber es sei die einzige, die sie habe. Sie würde sie mir borgen, wenn mir mit einer kaputten auch gedient sei.

Irgendwie war das unlogisch und zugleich ganz normal. Wenn eine 17jährige eine Schreibmaschine braucht, weil sie sich einbildet, daß sie einen Roman schreiben muß, obwohl sie das mit ihren Jahren nicht können kann, dann genügt auch eine kaputte Schreibmaschine.

Herta hatte recht. Denn vor lauter Arbeiten und Tanzen kam ich nur ein einziges Mal dazu, den Behälter aufzumachen. Ich legte ihn auf die Kommode, weil in dem Zimmer zur Untermiete kein Tisch war, und auf der Kommode tippte ich dann ein paar Buchstaben. Es ließen sich noch einige drücken, so wie auch die Walze zur Hälfte funktionierte. Aber dann klemmte doch der ganze Bau, und ich hatte nur ein paar Sätze getippt, genug, um zu wissen, daß mir ohnehin nichts einfiel.

Ich packte die Maschine wieder ein. Immerhin, Herta hatte sie mir geborgt. Mein Vater war eigens zu Herta hinausgefahren in die Vorstadt. Mein Vater hatte versprochen, er würde mir eine Reiseschreibmaschine bestellen, eine neue, und die kam nicht, weil er die Bestellung sehr spät aufgegeben hatte. Mein Vater war nicht dagegen, daß ich schrieb. Er meinte nur, ich solle ein Tonbandgerät verwenden und meine Ideen diktieren. Das würde schneller gehen.

Mein Vater, der nicht wußte, wie angenehm es war, über einem Kasten mit Buchstaben, und was anderes ist so eine Maschine, die Welt zu vergessen, ahnte nicht, daß das Diktieren mir die Illusion genommen hätte, eine Schriftstellerin zu sein. Warum denn einem Tonbandgerät, warum dann nicht gleich einem Menschen alles erzählen.

Aber was. Ich wollte ja nie von mir sprechen. Ich war ein sehr schweigsames Mädchen. Was ich erlebte, ging auch mein Tagebuch immer nur zur Hälfte an. Seit meine Mutter mir eine Seite aus meinem Tagebuch herausgerissen hatte, wußte ich, daß auch in Tagebücher eingebrochen werden konnte. Ich umschrieb meine Gedanken mit Sätzen, die nur ich verstand. Selten fielen mir aber solche Sätze ein, die nicht zu geheimnisvoll waren, aber doch etwas anderes meinten als das, was sie direkt sagten.

Ich konnte ja auch nicht, wenn es einen Fernando gab, meine Zeit verlieren mit Phantasien zu einer Liebesgeschichte. Es gab ja eine Liebe draußen. Ich mußte nur aus dem Haus gehen, am roten Briefkasten vorbei, um die runde Gartenecke, an dem Haus entlang, auf dem der seltsame Name stand, den ich mir nie merkte. Ein Baron mußte dort wohnen, denn der Name klang so vornehm. Dann war ich schon in der High Street, der Main Street von Walton, und dann stand Fernando schon irgendwo, weil er immer, wenn ich kam, bereits in der Straße war.

Er trug meistens ein weißes Hemd und eine braune Hose. Ich sah ihn von weitem. Sein schwarzes Haar, die schwarzen Schuhe. Seine schmalen Hüften, die locker in die Seite gestemmten Arme. Sein längliches Gesicht, das kühne Lachen, das frische. Es war, als ob er sich immer über etwas amüsierte.

I knew you would come. Ich habe gewußt, daß du kommen wirst.

Er redete sehr wenig. Wir gingen, weil wir frei hatten, ans Meer. Der Wind blies, wir gingen über Steine, und Fernando sagte wieder, daß er mich töten würde, wenn wir erst einmal verheiratet waren. Er war nicht davon abzubringen, und ich drohte, nie mehr mit ihm zu reden, wenn er so dumm war.

Ich bin nicht dumm, sagte er. Ich weiß es. Eines Tages heirate ich dich, und eines Tages töte ich dich.

Sag es nicht.

Aber ich muß es sagen. Es ist wahr.

Du bist verrückt. You are mad. You are crazy.

I am not crazy. I only know it, because it is the truth.

Meistens ging ich dann davon. Er kam mir nach. Eigentlich wollte ich von so einem Menschen überhaupt nichts mehr wissen. Ich ignorierte ihn.

Aber vorher werden wir sehr glücklich sein, sagte er. Ich werde dich glücklich machen. I know I can make you happy. Ich weiß, daß ich dich glücklich machen kann.

Das weißt du nicht!

O ja. Das weiß ich doch. You will be very happy with me.

Was sollte ich mit so einem verrückten Mann tun, als ihn stehenlassen. Ich nahm mir vor, nie wieder mit ihm zu reden. Ich ging allein am Strand und allein zur High Street zurück. Er folgte mir, nahm meine Hand, und dann war es vergessen, bis er nach ein paar Tagen wieder davon anfing.

Ich werde dich sehr, sehr glücklich machen. Und eines Tages bringe ich dich um.

Er hatte saftige Lippen. Sie waren fein geschwungen und zart gezeichnet, dabei aber schwellend. Als ob er aus meinem Mund trinke, so küßte er.

Als ob irgendeine Flüssigkeit, die ganz besonders war, aus meinem Mund in seinen geschlürft werden konnte.

Als er wieder in der Wiese mit mir war, tat es plötzlich weh. Er hatte seinen Finger in meiner Vagina. Er zeigte ihn mir.

Es war so dunkel, daß ich nichts sah.

Es blutet, sagte er, und leckte den Finger ab. Dann sog er sich an meiner Scham fest und leckte und schlürfte.

Ich trinke dein Blut, dann bleibt deine Hose sauber, sagte er.

Du bist keine Jungfrau mehr. Du hast das Häutchen nicht mehr. Ich habe es durchstoßen.

Es war mir ziemlich egal. Daß es weh tat, störte mich. Und daß er so viel an mir herumschleckte.

Es war ganz gut, einmal nicht mit Samen angespritzt zu werden und kein Gestöhne über sich zu hören. Es war eigentlich sehr gut. Es war, als ob er meine Mutter wäre und mich neu erschaffen wollte. Denn wenn er mich geküßt und mit der Zunge gestoßen hatte, strich er noch über meinen Bauch und meine Knie, über die Schenkel, und er küßte sogar meine Füße.

Ich dachte, daß das irgendwie nicht normal war, und meine Mutter durfte es nie erfahren. Aber es machte mich sehr ruhig.

Dann zog er mich wieder an, und manchmal hatte er Mühe, seinen Penis hineinzubiegen in die Hose.

Er probierte es ja, ob die Vagina seinen Penis zuließ, aber es glückte ihm nicht. Es war, als ob er zielte und als ob er die gewisse Öffnung nicht finden konnte. Sein Penis leuchtete schneeweiß, als ich einmal hinschaute.

Lieber sah ich nichts, hoffte nur im Gras, daß kein Käfer und keine Schlange kommen würde. Und immer war ich froh, daß es dunkel war. Er suchte etwas zwischen meinen Schamlippen, was er nicht fand, und er teilte sie und prüfte ihre Beschaffenheit beinahe medizinisch. Ich stellte mir vor, daß ein Frauenarzt so etwas machte, seiner Sache so auf den Grund ging, und ich war dankbar, daß er nur tasten konnte, aber nicht sehen. Die Abbildungen von weiblichen Geschlechtsorganen in dem Buch *Haut- und Geschlechtskrankheiten* hatten mich abgestoßen. Noch mehr stieß mich ab, mir vorzustellen, daß ich ebenso aussah.

Meine Mutter sagte, daß nackte Männer häßlich seien, denn da hänge immer so viel herunter. Ich fand aber, daß Frauen noch viel häßlicher waren, denn da gab es Haut, die war rosa, dann braun, dann faltig, und irgendwie fand ich, das sei eigentlich ein Witz. Diese Leibesöffnung, so faltig wie ein uraltes Weib.

Wenn man sich nicht jeden Tag peinlich genau mit Seife wusch, roch sie noch dazu schrecklich. Wozu hatten Frauen diese Gerüche. Ich wollte keine Frau sein und nie gesehen oder gerochen werden. Ich wollte lieber vergessen, daß es das alles auch an mir gab, und ich hatte, so sagte ich mir, meinen Körper zum Kleidertragen, aber zu sonst nichts.

Es war aber beruhigend, daß Fernando sich so dafür interessierte. Auch lenkte ihn das von meinem Busen ab. Meine Brüste waren seit meinem 13. Lebensjahr nicht mehr gewachsen. Büstenhalter waren mir zu eng, wenn die Körbchen paßten, und zu groß in den Schalen, wenn sie weit genug meinen Oberkörper umspannten. Ich konnte keinen tragen und fühlte mich schutzlos. Der, den ich mitgebracht hatte, schnitt mich ein. Fernando streichelte meine Brüste, hielt sich aber nie lang bei ihnen auf. Er benahm sich wie ein Baby und tat, als könne er an mir Milch trinken. Das fand ich lächerlich, und wahrscheinlich machten andere Männer das nicht. Er war vielleicht abartig. Ich schämte mich für ihn, aber dann vergaß ich es.

Du wirst ja doch noch Jahre brauchen, bis du erwachsen wirst, sagte er. Until you grow up. Now you are a little girl. And I have to be very careful with you.

Ich fühlte mich nicht als kleines Mädchen und nahm ihm das übel.

Ich kann dich nicht heiraten, Fernando, sagte ich. Ich muß Schauspielerin werden. Ich gehe zum Theater.

Dann, wenn du Schauspielerin bist, heiraten wir. Aber ich werde noch lange brauchen.

Das ist es ja, was ich meine, sagte er. Du schreckliches Mädchen.

Aber ich muß einen Österreicher heiraten oder einen Deutschen.

Dann gehe ich nach Österreich und arbeite bei deinem Vater.

Aber in Österreich sprechen wir nicht immer

Deutsch, sondern oft Dialekt, und den kannst du nicht lernen, den lernt niemand, der ist sehr schwer.

Dann spreche ich eben nur Deutsch. Und mit deinem Vater Englisch.

Mein Vater kann aber nicht gut Englisch.

Irgendein Weg wird sich schon finden. Somehow we shall make it possible.

Wenn er »it is possibol« sagte, dann störte mich das. Du kannst nicht mit einem Mann, der »possibol« sagt, zu deinem Vater gehen, zu meinem Vater gehen, sagte ich mir, und ich bat ihn, »possible« zu sagen.

I say it: possibol.

lt is not possibol but it is possibl.

Also gut. It is possible. You make me crazy. You are never satisfied with me. Du bist nie mit mir zufrieden. Das ist, weil du jung bist, sagte er. Ich werde meiner Mutter schreiben, daß wir heiraten.

Ich nannte ihn Indianer, als wir in seinem Zimmer saßen. You look like an Indian.

But I am not an Indian. Meine Mutter hat grüne Augen und blondes Haar.

Aber du schaust aus wie ein Indianer.

Ich bin aber kein Indianer. Er wurde ungeduldig. Indianer sind sozial sehr niedrig gestellt in meiner Heimat.

Ich meine es aber nicht so. Du hast so lange, gerade Wimpern. Und deine Nase ist eine Indianernase.

Indianer haben ganz andere Nasen. Zieh dich aus. Ich möchte dich anschauen.

Nein.

Nur anschauen.

Nein.

Aber ich studiere Medizin.

Du bist noch nicht fertig, dachte ich, und komm mir nicht mit so was. Mir genügte es, daß mein Vater einmal im Jahr den Befehl gab, ich solle aufstehen und zu seinem Platz kommen, beim Mittagessen, den Pullover hinaufziehen und mich betasten lassen, ob die Brüste normal wuchsen.

Ich möchte dich anschauen.

Nein.

Weißt du, daß einmal ein Mann Frauen in sein Zimmer verschleppt hat, ihnen die Arme und die Beine am Bett festgebunden hat, und dann hat er sie angeschaut. Nur angeschaut.

Und umgebracht und in Stücke gehackt und in den Ofen gesteckt. Dann hat er sie verbrannt, und er war immer sehr elegant gekleidet, mit Melone, Spazierstock, Manschetten und polierten Schuhen. Aber der, den ich meine, hat die Frauen gefesselt, hat ihnen die Beine auseinandergetan, und dann ist er dort gesessen und hat geschaut.

Und was haben die Frauen gesagt?

Er hat sie geknebelt, da haben sie nichts sagen können.

Und dann?

Er hat sie nicht umgebracht. Er wollte nur sehen. Sehen.

Das verstand ich nicht. Lieber ließ ich mich umbringen.

Ich las die Zeitung. Sie war aus Spanien. Er hatte zwei riesige Zeitungen, von denen eine *El país* hieß und die andere *Ya*.

In einer gab es eine farbige Fotografie.

Er zog mich aus, während ich las. Ich versuchte, mich auf die spanische Sprache zu konzentrieren.

Was heißt y, fragte ich.

Und.

Und ya?

Already. Schon.

Und el país?

The country.

Er zog mir den Pullover aus und schaute meinen nackten Rücken an. Hoffentlich hatte ich nicht zu viele Wimmerl. Die Akne. Die Mitesser. Ich war ganz außer mir. Wie konnte ein Mann die Haut einer Frau anschauen, so lange und so genau.

Kannst du den Büstenhalter ausziehen?

Ich schüttelte den Kopf.

Und das Höschen?

Ich habe dir schon gesagt: nein.

Und deine Strümpfe und das da? Er zeigte auf meinen Strumpfgürtel.

Ich wurde immer häßlicher, das fühlte ich. Ich neigte mich über die Zeitung und versuchte, möglichst viele Wörter zu finden, nach deren Bedeutung ich ihn fragen konnte. Ich fühlte mich plump und zu groß, nackt, zu dick, und warum wollte er am Tag, daß ich mich auszog. Das Licht im Zimmer und meine Unterwäsche. Sonst sah mich so nur meine Mutter.

Ich schaute nicht hin, als er sich aufs Bett gelegt hatte.

Schau, so sind sie gelegen, so.

Das interessierte mich nicht, und ich hoffte, er würde damit aufhören. Er kam wieder zurück.

Darf ich dich berühren? Nur berühren. Ich möchte fühlen, ob ich es fühlen kann, du weißt, diese kleine Haut. Wo du noch eine Jungfrau bist.

Nein.

Dann tastete er herum.

Aber du darfst nicht hinschauen, sagte ich. Sonst gehe ich heim.

Ich saß schon viel zu lange bei ihm. Ich schämte mich vor den Leuten, die die Zeitung geschrieben hatten.

Wenn du zwanzig bist, wirst du sehr schön sein. Daran wollte ich nicht denken. 20. Noch drei Jahre. Was stellte er sich vor. War ich nicht schön genug? Es machte mich traurig. Wenn ich 20 war, würde ich alt und erwachsen sein und wahrscheinlich ziemlich langweilig. Ich konnte mir das Leben der Frauen, wenn sie einmal über 18 hinaus waren, nicht vorstellen.

Wahrscheinlich bin ich dann so wie jetzt.

Nein, dann wirst du schön sein.

Schon wieder sagte er, daß ich nicht schön war. Es kränkte mich.

Die Scham war mein zweites, mein unheimliches Gesicht. Ich mochte mir den Körperteil, der meiner war, nicht denken. Ich zog gern die Hose drüber. Das Haar, das dort wuchs, gefiel mir nicht. Das Blut, das jeden Monat aus ihr floß, fand ich interessant. Aber wozu eigentlich, wenn ich keine Kinder bekommen durfte mit 13. Warum wartete der Körper nicht, bis die Eltern erlaubten, daß ich menstruierte. Mit meinem Hintern mußte ich sitzen. Dazu hatte ich ihn. Dann war da noch die Öffnung, durch die die Kinder kommen würden, eines Tages. Und wenn ich die Scham nicht wollte, mußte ich ein Mann sein und etwas so Ungeheuerliches wie ein Glied vorne tragen. Das war vielleicht mächtig, und das war vielleicht sogar besser. Dann mußte niemand in mich hinein, dann konnte ich überall eindringen, wo ich wollte.

Ein Glied zu haben hieß auch, daß man aktiv sein durfte. Und eine Scham, das bedeutete, daß man warten mußte, bis etwas passierte. Ich fand, die Männer waren bevorteilt, denn sie bluteten nicht, und sie erledigten auch praktische Dinge mit ihrem Glied, etwa das Urinieren, das ja sehr wichtig war. Eine Frau mußte das Tor hüten, ein Mann schob sich hinein, irgendwie, und dann zog er das wieder heraus, und er konnte nur so infiziert werden. Geschlechtskrankheiten gab es ohne Zahl, das hatte ich schon gesehen und gelesen im Buch mit den Abbildungen. Hautkrankheiten, ungeheuerliche, überwuchernde, die das Gesicht veränderten. Hormonstörungen, die den Frauen Bartwuchs bereiteten. Und dann gab es die Syphilis und den Tripper. Unangenehme Dinge. Besser war es, kein Geschlechtsleben zu haben, dann schützte man sich vor dem allen.

Ich haßte meine Schwester sehr. Sie durfte alles. Ich nichts. Sie ging tanzen, sie trug BHs. Ich borgte mir heimlich einen ihrer BHs aus. Meine Mutter merkte es und fragte: Sag bloß, du trägst schon einen BH. Wo hast du denn den her.

Das tat ich aber nur, weil ich mich damit sicher fühlte. Ein Hausfreund meiner Mutter griff mir, als ich zwölf war, an die Brust. Er quetschte sie fest, so als ob sie für ihn sei. Er hatte mich überraschend angegriffen. Ich stand da, und meine Brust in seiner Hand, die rechte Brust, und der Arm, den er um mich gelegt hatte.

Das Gequetschtwerden war lähmend gewesen. Ich stand da und wußte nicht, was ich sagen sollte. Ich schämte mich. Sie war ja noch so klein, und wozu machte er das?

Ich wollte nie wieder an einem Sonntag mit so einem Menschen und mit meiner Mutter einen Ausflug machen.

Wir waren damals in einem beliebten Ausflugsziel gewesen. Als wir heimkamen, stieg der Mann aus dem Auto und ging sich nach einem Mädchen erkundigen, das er lange nicht gesehen hatte, das alle schon suchten, weil es verschwunden war.

Sie haben sie gefunden, sagte er, als er zurückkam. In ihrem Zimmer war sie. Vergiftet hat sie sich.

Das dumme Dirndl, sagte er, und es war wie ein Abschiedsgruß von ihm.

Er brachte uns dann nach Hause.

Ich wollte nie wieder von einem Mann am Busen berührt werden. Mein Busen war erschrocken und hatte zu wachsen aufgehört. Er konnte das nicht, so in die Hände der Männer wachsen. Er wollte es nicht. Er wollte lieber klein bleiben. Als ob es ihn nicht gäbe.

Ich brauchte einen BH, um mich zu schützen vor Übergriffen. Meine Mutter verstand das nicht.

Die ganze Zeit saß ich schon da, neben ihr, auf der Wiese. In meinem BH kann mir nichts passieren, dachte ich. Mein Vater ging mit meinen kleinen Schwestern an einem Bach auf und ab. Nun bin ich beschützt, und ich fühlte mich wie in einer Ritterrüstung.

Niemand konnte mir mehr etwas anhaben, weil ich den BH trug.

Den mußt du ihr aber zurückgeben. Den wirst du ausziehen, wenn wir nach Hause kommen.

Mutti, bitte, ich brauche einen BH.

Du bist noch zu klein. Du hast doch noch nichts. Was willst du denn hineintun?

Ich wollte so gern, daß sie verstand. Ich durfte ja nicht sagen, was der Mann getan hatte. So etwas tat man doch nicht, und von so etwas redete man nicht. Es wäre unanständig gewesen, von so etwas zu sprechen. Es hätte eine Ohrfeige gegeben, wahrscheinlich, oder etwas noch viel Schlimmeres. Daß meine Mutter mich nie mehr anschaute. Denn ich mußte anständig sein. Und ich durfte mich für solche Dinge nicht interessieren.

Ein Mädchen hatte rein zu bleiben.

Ich sah in der Vagina sehr viel. Sie war ein altes Weib, sie hatte hängende Falten. Sie sah so traurig aus und so allein gelassen. Sie wollte immer, daß man sie berührte, und sie wollte es nicht. Sie hatte einen Knopf, und sie hatte Rüschen. Sie hatte ein Loch, ein großes, ein tiefes, aus dem schauten die Kinder heraus. Alle Kinder mit Augen, so groß. Alle Kinder mit Mündern, so offen, so weit, und mit Speichel, der ihnen herausfloß. Und alle Kinder staunten.

Was machen wir hier in der Welt, fragten sie. Wir wollen wieder hinein, sagten die Kinder, und dann zogen sie ihre Köpfe zurück.

Und alle Menschen, die noch nicht geboren waren, und alle, die es schon gegeben hatte, wohnten ihn ihr.

Sie war das Universum, diese Pforte. Warum begann sie so schlecht, so unschön, so häßlich geradezu? Warum konnte eine Frau nicht im Gesicht unten ein so schönes Antlitz haben wie oben?

Ich ekelte mich vor mir selbst, wenn ich zu lange darüber nachdachte. Und wie waren Männer lächerlich, daß sie so etwas wollten und nach so etwas verlangten. Ich verstand viel eher, daß man sich den Popo abwusch, nach jedem Gang auf die Toilette, und daß man sich nur reinigte, immer nur reinigte. Mit Wasser, mit Tüllhandtüchern, mit Seife, mit einer Flüssigkeit, die gut roch, mit einem Spray.

Denn das Ganze mußte ja verborgen werden. Daß ein Mensch nicht nur aus dem bestand, was man immer sah, sondern daß da noch einiges war, nicht der Rede wert. Jeder Mensch bestand aus zwei Teilen. Einem oberen und einem unteren. Der untere war bei allen gleich. Aber oben unterschieden sich die Menschen.

Der untere Teil war der Untermensch und der obere war normal.

Ich konnte Fernando nur verachten, weil er sich so viel um den unteren Menschen kümmerte. Der gehörte doch gar nicht zu mir. Der war irgend etwas, irgend jemand, nach dem er suchte.

Den er in mir nicht fand.

Ich war so nachlässig geworden und hielt wieder seine Hand, wenn wir von der Wiese zum Haus gingen, wo ich schlief.

Er küßte mich vor dem Haustor. Es war immer dasselbe, und es langweilte mich nicht, und das verstand ich nicht. Irgendwann mußte so etwas doch auch langweilig werden.

Dann wunderte ich mich über ihn. Er hielt etwas von mir, meine Hand, und er wußte irgend etwas von mir, nein, das konnte nicht sein. Er konnte nicht wissen, daß ich das mochte. Und daß ich darauf gespannt war. Und wieder neugierig, obwohl es nichts Neues gab. Daß es mir guttat.

Warum aber tat es mir gut? Was war es? Ich kam nicht drauf, und ich dachte auch nicht nach.

Neben Fernando konnte ich aufhören zu denken. Er führte mich, und er würde mich morgen wieder führen und übermorgen, und irgendwann war vielleicht der Sommer zu Ende, aber dann würden wir uns schreiben, und dann würden wir uns wiedersehen. Es war alles für mich ganz ruhig.

Ich war, wenn er wegging, nicht traurig, und wenn ich ihn wiedersah am nächsten Morgen, war ich nicht lustig, sondern es war richtig, und es war so und nicht anders, weil es nur so und nichts anders sein konnte.

Ich fand diesen Mann ganz normal, und vor allem fand ich nun mich ganz richtig.

Das war der schrecklichste Sommer meines Lebens, sagte Erika. Du warst immer mit dem Fernando, und mich hast du überhaupt nie gesehen.

O ja. Jeden Morgen, wenn ich noch im Bett lag, kniete sie vor der Kommode, hatte die Laden herausgezogen, auf der Suche nach Strümpfen. Sie hielt die Strümpfe über den Händen, schob sie hinauf, schaute, ob Laufmaschen drin waren, und ihre Arme waren breit.

Mir fiel immer auf, wie breit ihre Arme waren. Und ich dachte, ich würde nie so breite Arme haben und so groß sein wollen.

Sie kniete auf dem Boden, und ich blinzelte zu ihr. Wenn ich einmal einen Roman schreibe, dachte ich, dann muß ich beginnen mit dem Satz: Erikas Arme waren breit.

Und dann würde ich über Erika etwas erzählen, meine große Liebe. Denn seit meiner Kindheit hatte ich das Mädchen mit dem dunklen Kopf geliebt. Sie ging mit mir in die Klosterschule, und sie war schüchtern. Ich kannte ihre Mutter und ihren Vater. Sie wohnte in der nördlichen Vorstadt. Ihre Schwestern waren mit meiner älteren Schwester befreundet.

Erika war ein hübsches Mädchen, blaß, mit großen Augen. Einmal wußte sie etwas, was ich nicht wußte. Wasser ist unentbehrlich. Was heißt das? Die Klosterschwester fragte es mahnend. Weiß irgendein Kind, was unentbehrlich heißt?

Unentbehrlich, unentbehrlich – was für ein Wort!

Nein, das hatten wir noch nie gehört. Nur Erika zeigte auf.

Wasser ist unentbehrlich, das heißt, daß man es immer braucht.

Sie hatte mich geschlagen. Bisher war ich die Beste gewesen, jetzt war sie es. Ich glaube, daß ich mich damals so mies fühlte, als hätte ich etwas Dummes gesagt. Etwas nicht wissen, wenn niemand es wußte, machte nichts. Aber daß Erika es wußte, die so blaß war. Blasse Kinder hatten, fand ich, nichts zu sagen. Sie sah immer so krank aus. Sie konnte nicht mehr wissen als ich.

Aber dann kam sie in eine andere Schule. Ich traf sie einmal, und sie sprach Hochdeutsch. Ich haßte sie bis aufs Blut. Wie konnte sie so tun, als ob sie bisher nur Hochdeutsch gesprochen hätte!

Hast du noch immer lauter Einser, fragte sie.

Nein.

Wo hast du denn keinen Einser.

In Handarbeiten habe ich keinen, sagte ich.

Warum fragte sie mich in Gegenwart eines Mädchens, das rote Haare hatte und Sommersprossen und mit dem sie ging.

Ich wollte nicht, daß Erika mich vor anderen blamierte. Ich wollte die Beste sein.

Als ich im Gymnasium merkte, daß es mich zuviel Anstrengung kosten würde, immer so gut zu sein wie Erika, wollte ich die Schlechteste werden. Sie wurde groß und schön und trug wunderbare Kleider. Ihre Mutter gab ihr viel. Sie hatte ein eigenes Zimmer und wohnte in einem Haus mit Garten, in dem es immer nach Wachs roch, wenn man die hölzerne Stiege hinaufging. Sie hatte einen kleinen Tisch am Fenster des Mansardenzimmers. Dort half sie mir, Physik zu verstehen.

Sie erklärte mir, als der Sommer zu Ende war und ich nur noch Briefe von Fernando bekam, das mit dem Löffel, den man in Wasser steckte, und mit dem Licht, das sich in Wasser anders brach als in einer dicken, wenn auch durchsichtigen Flüssigkeit. Sie erklärte mir das Wesen der Hohlspiegel und der anderen Spiegel, konkav und konvex. Die Lichtstrahlen, wie sie sich brechen lassen, und wie dann ein anderes Bild erscheint. Wenn der Löffel so aussieht, als ob er gebogen wäre oder abgeknickt. Oder zwei Stiele, einer hier, einer ein wenig entfernt.

Erika war sehr geduldig.

Ich dachte an Fernando. Mir fiel auf, daß ihre Fingernägel nicht rund, normal waren, und nicht glatt, sondern eckig. Ich fand, ihre Nägel hatten Spalten. Sie sahen aus wie ein Rhomboid. Oder wie man diese Dinge nannte. Wenn ein Fingernagel wie gefaltet ist. Wenn ein Nagel nicht rund am Finger liegt, gerundet, sondern Striche abwärts zu den Nagelbetten hinführen.

Sie polierte ihre Nägel und feilte sie spitz zurecht. Ich verglich sie mit meinen Nägeln. Weißes im Nagel bedeutete Kalkmangel. Oder zu viel Kalk.

Bist du wirklich so dumm oder stellst du dich nur so dumm, sagte sie.

Nein, Erika, bitte, glaube mir, sagte ich, ich bin wirklich so dumm.

Ich mußte immer an Fernando denken.

Und daß draußen die Wiese war. So grün. Und

Himmel. Und wir saßen hier und mußten uns mit dem beschäftigen, was im Heft stand.

Meine Mutter fand das unmöglich. Ein Kolumbianer. Wie dumm das schon klang. Kaffee. Und ein kleines Land nur. In Südamerika.

Dort gehst du nicht hin. Das kommt nicht in Frage. Da kann ich dich nicht besuchen, wenn du so weit weg bist.

Er studiert Medizin, sagte ich.

Noch viel schlimmer. Er wird dich betrügen, weil Ärzte umschwärmt werden von den Patientinnen.

Fang dir nichts an, konnte sie nicht sagen, weil es schon angefangen war. Ich hielt in der Nacht sein Taschentuch. Wenn ich aufwachte, sah ich das Bild. Es war eine Fotografie, in Farbe. Sie stand auf meinem Schreibtisch.

Wenn ich lernen mußte, Latein, schaute ich auf das Bild. Immerhin gab es außer der Schule auch einen gewissen Fernando Rivera, der in Spanien wohnte, der jetzt durch die Gassen von Madrid lief, auf einen Brief von mir hoffend.

Ich sah ihn in seinem weißen Hemd. Ich versuchte mir Madrid vorzustellen. Donoso Cortes.

Sein Freund Eduardo schrieb mir auch. Er wohnte in einer Gasse, die ein wenig anders hieß, aber ähnlich klang.

Blasco de Garay.

Für meine Mutter war das eine Katastrophe. Wenn schon nach Spanien schreiben, dann einem Spanier. Spanien ist nicht so weit wie Kolumbien.

Aber es gibt doch Flugzeuge.

Ja, aber da ist ein Meer dazwischen, und ich fliege nicht übers Meer.

Damals liebte ich meine Mutter noch so sehr. Wenn sie nicht wollte, wollte ich auch nicht. Wenn meine Mutter besorgt war, war auch ich besorgt.

Ich versprach, es mir zu überlegen. Natürlich wollte ich ihr nicht weh tun.

Ich bestand die Prüfung. Der Lehrer wollte mir sogar helfen, aber ich hatte zuviel gelernt. Ich brauchte seine Freundlichkeiten nicht.

Wahrscheinlich bereut er, dachte ich. Und nun konnte ich ihn beschämen, mit meinem Wissen.

Ich kam in die achte Klasse und setzte mich ganz vorne hin. Damit nur niemand sagen konnte, daß ich nicht aufpaßte. Ich wollte das Jahr hinter mich bringen. Dann Matura, und ich werde frei sein.

Ich schrieb, wenn es mich langweilte, immer nur zuzuhören, Kurzgeschichten ins Schulheft auf englisch und auf französisch. Sie handelten davon, daß ein junger Mann in unsere Stadt kam, a very old city, und daß ich ihm die alte Stadt zeigte.

Als ich die Matura bestanden hatte, fuhr ich nicht mit der Klasse auf Maturareise. Ich dachte, das sei zu wichtig gewesen, die Schule zu beenden, als daß man sich noch einmal mit allen in einen Bus setzen mußte, um einander wieder anzuschauen. Man hatte doch genug gesehen in den acht Jahren, und ich wollte zu meiner Klasse keine Verbindung mehr. Sie hatten mich so oft gekränkt. Ich hatte so oft gute Ideen gehabt, und sie hatten mich verspottet. Die Mädchen nicht, oder nur selten. Aber die Burschen in den drüberen Reihen. Wir waren zehn Mädchen und Burschen gewesen.

Nach der Matura luden Tante Traude und Onkel Gerhard mich nach Jesolo ein. Ich sah den roten Mond, das Meer, und ich stand auf dem Balkon in der Nacht. Tante Traude gab mir eine Adresse in Venedig. Ich solle hinfahren, und ein netter junger Mann würde mit einer Gondel mit mir durch die Kanäle rudern.

Ich fuhr wirklich mit einem Bus nach Venedig, aber der junge Mann war blond. Ich dachte damals, all die Südländer seien austauschbar. Irgendeiner mit schwarzem Haar.

Aber Giorgio Galli war eben hellhaarig, hatte Manieren wie ein Österreicher, und ich kam unverrichteter Dinge zurück.

In Venedig gab es moderne Gassen, die wie Stiegen aussahen. Sie waren marmorgetäfelt und glänzten. Geschäfte mit spiegelnden Auslagen, Halsketten, Seidentüchern, Souvenirs, eleganten Brillen und Schmuck, und die Gassen, die wie Treppen waren, aus kostbarstem Stein.

Ich ging hinter einem Mann, dessen schwarzer Nacken wie der Fernandos war. Vielleicht ist er es, dachte ich. Vielleicht ist er hergekommen, von Spanien, hat nicht gewußt, daß ich in Jesolo bin und heute in Venedig.

Ich ging schneller, um ihn zu überholen und sein Gesicht zu sehen, aber er hatte ein ganz anderes Profil.

Ich ging hinter Männern, wenn sie schlank waren und schwarzhaarig, und dann begriff ich, daß ich in Venedig war.

Wenn Spanien ein weites Land ist, immer heiß, und wenn Fernando dort in der Wüste sitzt, und wenn Madrid eine steinerne Stadt ist, aus hellen Steinen. Und wenn er nicht nur ein weißes Hemd trägt, sondern es ihn wirklich gibt. Warum gehe ich in Venedig?

Ich fuhr nach Österreich zurück. Ich mußte Fernando wiedersehen. Aber wie? Mein Vater erlaubte nicht, daß ich nach Spanien fuhr.

Wenn der etwas von dir will, soll er herkommen, sagte der Vater.

Meine Mutter erlaubte mir, nach Paris zu fahren. Wenn es dir nicht gefällt, fährst du nach Spanien weiter.

Ich setzte mich in einen Zug, der mich zu Margerin brachte, einem Maler. Ein Maler und seine Frau. Juden. Ich war verstört. Katholisch. Jüdisch. Was hieß das?

Ich sollte in Biarritz auf ein Kind aufpassen, das drei Jahre alt war. Als ich ein paar Tage mit dem Kind verbracht hatte, bat ich, weiterfahren zu dürfen.

Spanien.

Wenn Fernando durch Madrid lief, mit seinem weißen Hemd, seinem lachenden Gesicht, wollte ich ihn sehen. Besonders das schwarze Haar. Ich dachte, daß ich nicht leben wollte, wenn ich seinen Kopf nicht wiedersah.

Da hast du Impressionen. Die Geschichte einer Liebe ist wirklich so, daß man sie nicht erzählen will, wenn sie die einzige Liebe war, die einzige Hoffnung.

Jeder schämt sich doch dessen, was die Hoffnung ist. Eine einzige Hoffnung hattest du, und die wird sich nicht mehr erfüllen. Willst du denn dann, daß jeder weiß, was jene Hoffnung war und worin sie bestand und warum sie sich nicht erfüllt? Ja, das soll gezeigt werden. Das sollte jeder Mensch verstehen, daß eine Hoffnung sich nicht erfüllen konnte. Aber worin bestand sie?

Als ob eine Liebe einen Schluß hätte. Als ob ein Liebesroman aufhören könnte, jemals. Als ob eine Liebe, nicht erfüllt, einen Schluß haben könnte! Ein erster Schluß, ein Verbrechen, ein ganz kleines nur: Klopfen an der Tür. Es klopft.

Irgendein harter Finger, eine harte Hand. Hat an die Tür geklopft.

Ich bin gerade mit Fernando im Bett. Es ist nicht so, daß ich mit jedem im Bett liege, sondern ich bin überhaupt noch nie mit einem Mann im Bett gewesen, mit dem ich es so gern tue, nein, geschehen lassen möchte, Fernandos Mund an meinem Hals, so warm, ich fühle mich warm werden, ich habe das nie erlebt, es ist mein erstes Mal, daß ich mich auflöse – und da klopft es.

Ich bin noch angezogen. Er hat nur meinen Kragen geöffnet, die Bluse einen Knopf, zwei Knöpfe, da klopft es.

Ich spüre noch die Weichheit von meinem Hals und seinem Mund, da steht er auf, und alle Wärme ist weg.

Er sagt etwas zu der Frau, die draußen ist. Er kommt zurück, zieht sich an.

Wir müssen gehen.

Das war, bevor ich in den Abgrund tauchte. Vorher, vorher nämlich, bevor ich mit ihm in sein Zimmer ging, an seiner Hand, bin ich gesessen in dem Saal, hinter ihm, im Tanzsaal, und ich habe meine Hand auf seinen Nacken gelegt, nein, nicht gewagt, ihn zu berühren, denn auf einmal, mit meiner Hand so nah an seinem Nacken, habe ich gefühlt, daß sich ein Abgrund auftut, in den ich nicht stürzen möchte, nicht fallen, nein, ich habe Angst, und ich streichle ihn nicht, denn eine Frau darf einem Mann nie zeigen, daß sie ihn liebt, O Gott, O Mutter, was hast du mir beigebracht, was hast du mich gelehrt, mir gesagt, was für Unsinn, und ich dachte an meinen Vater dann, meine beiden Eltern, Küchentisch, grelles Licht, dort sitze ich, wenn ich heimkomme, heimkehre aus England. Hier ist Walton. Hier ist Fernando. Hier bin ich 17,

Sommer, und jung, sommerjung, Frühling meines Lebens. Nein, ich fühle mich schon alt, so mißbraucht, so oft vergewaltigt zum Berührenlassen, und geküßt, vom Vater, betastet, vom Hausfreund der Mutter und von Rex, und John und wer noch, und wie, und die Männer, aber da ist einer, der nimmt meine Hand, führt mich in sein Zimmer, ich habe keinen Willen mehr, das ist gut, ich liege auf dem Bett, er knöpft mich auf am Hals, und die Wärme – dann das Klopfen.

Ich bin 17, ich darf schon, und ich darf nicht. Daß ich darf, fühle ich. Daß ich nicht darf, denke ich nur. Weil jene Frau es nicht wollte. Ich weiß nicht einmal, wer sie war. Irgendeine Angestellte vom »Albion«. Dieses Hotel, in dem Fernando das Geschirr wusch, in dem wir tanzten, am Abend.

Und dann Madrid, im nächsten Jahr. Er hat einer anderen, sie heißt Gloria, ein Kind gemacht. Ich ging weg, und ich traf dort, wo ich dann war, Miguel.

Spanische Ferien

Name des Vaters, Name der Mutter. Geboren. Beruf. Bildungsgrade. Mein eigener Name. Geboren. Wo. Wann.

Ich möchte das nicht ausfüllen, sagte ich zu Fernando.

Fernando und Eduardo schoben in der schon dunklen Gasse einen großen Gegenstand in den Lieferwagen, den ich nur flüchtig sah. Es schien ein Klappbett zu sein.

Ich hatte nicht verstanden, worüber sie sich unterhielten. Ich stieg dann zu Eduardo ins Auto, nachdem ich mich von Fernando verabschiedet hatte. Wir fuhren aus der Stadt hinaus, auf eine breite, lange Straße, an der links und rechts Lichter brannten. Über uns hingen Straßenbeleuchtungen, die in größeren Abständen immer seltener und seltener wurden, dann fuhren wir durch die Nacht. Nur noch hie und da ein Licht an einem Kilometerstein. Die Autofenster waren offen. Es roch nach Sommer und Hitze, nach Nacht und Ungewißheit.

Vor uns war die Dunkelheit, und wir fuhren immer weiter in sie hinein.

Auf einmal tat es mir leid, von Fernando wegzufahren. Ich wußte nicht, wer Eduardo war. Ein Mann am Steuer, ein ernster Mensch, sehr viel älter, sehr reserviert. Auf einmal eine Bedrohung. Ich fuhr nicht gern mit fremden Männern irgendwohin. Auch wenn er ein Freund Fernandos war und wir in England viel gelacht hatten, saß ich jetzt als Frau neben einem Fremden, als Sprachunkundige neben einem, der hier daheim war.

Südland. Und Neger. Er sah auf einmal wie ein Afrikaner aus. Und ich begann mich zu fürchten. Ich war noch so jung, ich hatte noch nie etwas erlebt, in Wirklichkeit. Ich war darauf angewiesen, daß man mich höflich behandelte, wie ein Fräulein, eine junge Dame, so wie mein Vater es nannte, mit Manieren, mit Umgangsformen, mit Anstandsgefühl.

Nun kam ich mir vor wie entführt. Dabei hatte ich doch selbst den Wunsch ausgesprochen. Arbeit. Zimmer.

Eduardo war nur dabei, mir diesen Wunsch zu erfüllen.

Er bog nach einer Fahrt, die mir sehr lang erschien, bei der wir uns immer weiter von Madrid entfernten, in einen Weg ein, der rechts von der Straße bergab führte. Es holperte.

Hier draußen war dunkelste Nacht.

Er sagte, wir seien am Kilometerstein sechs an der Straße zum Escorial. Das sei die Adresse.

El Escorial, das Schloß, das Kloster.

Er fuhr abwärts. Das Auto hüpfte und hüpfte.

In einer Garage ließ Eduardo das Auto stehen. Es war noch immer warm. Er hob die Motorhaube und prüfte, ob alles in Ordnung war. Dann hob er Kisten aus dem Auto. Getränke. Cocas und Schweppes. In kleinen Flaschen. Ich half ihm, sie hineinzutragen.

Ich werde sagen, daß du meine Braut bist.

Warum.

Weil es sonst nicht üblich wäre, daß du hier wohnst.

Aber ich will arbeiten. Du hast gesagt, hier kann ich etwas arbeiten.

Du bist meine Braut und wohnst hier. Du brauchst nicht zu arbeiten.

Im Haus gab es ein großes Wohnzimmer mit Möbeln, die sehr alt wirkten. Bäuerlicher Stil. Ein großer Tisch aus Holz, viele Stühle. Eduardo zeigte mir die Zimmer. Es gab drei kleine Schlafzimmer, eine Küche und ein Bad.

Dieses Haus ist für einen Tierarzt mit Familie, sagte er.

Ich hoffe, es macht dir nichts aus, aber morgen kommt ein Kamerad von der Hochschule. Er heißt Miguel. Er ist sehr nett. Er wird hier arbeiten.

Nein, sagte ich. Es macht mir nichts aus.

Und dann versuchte ich, mir diesen Miguel vorzustellen. Vielleicht war er klein und sanft wie dieser Beco, von dem Roland gesprochen hatte, der in Worthing im Bahnhofsrestaurant arbeitete, den ich einmal gesehen hatte, nur kurz, und der sehr charmant war.

Charming, ja, bezaubernd sind die Spanier in England, mit ihren dunklen Augen. Ganz anders als die Engländer. Klein, freundlich, kameradschaftlich. Roland hat von Beco geschwärmt. Und daß Beco ihm geschrieben hat, nachdem der Arbeitsurlaub für ihn zu Ende war: Seine Freunde haben ihn in seinem Dorf empfangen, vom Zug abgeholt, ihn auf den Schultern ins Dorf getragen.

So sind die Spanier, hat Roland gesagt. Dort gibt es noch Freunde.

Sein Haar war dunkel und zurückgekämmt, die Arme mager. Der Blick unfreundlich, das Kinn gespitzt.

Er roch nach zuviel Rasierwasser. Am Hals hing ein Kettchen. Er trug ein blau und weiß kariertes Hemd.

Er streckte mir die Hand über den Tisch, er sei Miguel, ein sehr sympathischer Spanier, un espagnol très sympathique.

Eigentlich müßte ja ich ihm die Hand geben, dachte ich, drückte aber dann seine.

Ich nahm das Wörterbuch, den Kugelschreiber, Papier, mein Badetuch. Damit ging ich auf die Terrasse. Ich breitete das Badetuch aus, legte mich auf den Bauch, wollte das Wörterbuch aufschlagen, als jemand neben mir stand.

Ich trug nur meinen blauen, schneidergenähten Bikini.

Der Mensch, der da schrie, war der, der am Vortag gekommen war, dieser Miguel, der nun irgend etwas von mir wollte, ich wußte nicht, was. Die Sonne schien mir ins Gesicht und auf ihn.

Bis ich begriff, daß er es nicht erlaubte, daß ich mich hier aufhielt.

Ich packte mein Wörterbuch, das Badetuch, die anderen Sachen, alles zusammen. Ich wußte nicht, was passiert war.

Auf jeden Fall mußte ich nun in das Haus zurück, ins Wohnzimmer, wo er mir eine Zigarette anbot. Er erklärte mit ruhiger Stimme auf französisch, daß Arbeiter, die mich sahen, mir etwas tun würden.

Dann sagte er, er habe das gemacht, weil er mein Freund sei. Und er bitte um Entschuldigung, aber er sei temperamentvoll. Er wolle mich nur beschützen, und er habe es nicht böse gemeint, sondern mir helfen wollen.

Ich gab ihm die Hand, als er mir seine Hand reichte, zur Besiegelung einer Freundschaft.

Er würde mir immer helfen, sagte er, wenn ich wolle. Denn anscheinend habe Eduardo mir nicht gesagt, daß ich das nicht tun dürfe, hinausgehen. Ob ich nicht wisse, was eine Vergewaltigung sei? Er sei allein im Haus, Eduardo habe wegfahren müssen mit Don Carlos. Wenn Eduardo wiederkomme, würde auch Eduardo mir erklären, daß so etwas in Spanien nicht möglich sei. Er meine es nur gut. Und nun solle ich, wenn ich lesen wolle, im Zimmer lesen. Er würde mich nicht stören.

Während der ganzen Zeit hatte er französisch gesprochen, und ich bemühte mich, seinen Worten zu folgen. Ich kam nicht so sehr dazu, über das Ganze nachzudenken. Ich wollte verstehen, was er sagte, und so verschwendete ich meine Mühen nur auf das wörtliche Verstehen.

Ja, sagte ich, gut, ich habe das nicht gewußt, Sie haben mir nur helfen wollen. Danke.

Ich war verbündet mit einem Mann, der mich gegen die Außenwelt verteidigte. Denn nichts anderes hatte er getan. Er erklärte es wieder. Er sagte: Sie sind aus Österreich. Sie kennen sich bei uns nicht aus. Ich bin Spanier. Ich muß Sie warnen. Sie haben Eduardo in England kennengelernt, wie er mir sagte, und Sie waren noch nie hier.

Es hatte mich nur erschreckt, und noch in dem Schrecken, mit dem ich ins Zimmer gegangen war, hatte ich seine Zigarette angenommen, dankbar, daß nun nichts mehr kam, und seine Hand gedrückt.

Es war eine Art Schock. Ich war noch nie so lange und so wild beschimpft worden. Ich hatte das Gefühl, daß der Mann mich nicht mochte, und seine Gesten nachher bewiesen mir das Gegenteil.

Es war besser, Geduld zu haben und den Worten zu vertrauen und dem, was auf ein Schreien folgte. Das hatte ich begriffen.

Und ich war ihm dankbar, daß er nachher alles erklärte. Er war ein guter Mensch, irgendwie bekam ich das mit. Er sorgte sich nur.

Sein Gesicht war ruhig und entspannt, im Halbdunkel des Wohnzimmers. Mir war es etwas peinlich, ich stand ja im Bikini vor ihm, noch immer. Das Badetuch an den Körper gepreßt. Und Kugelschreiber und Wörterbuch und Papier in den Händen, mit dem Tuch.

Ich sagte: Jetzt gehe ich mich anziehen.

Ja, tun Sie das.

Dann ging ich in mein Zimmer.

Selbstverständlich hatte ich nur braun werden wollen und niemanden reizen. Zu keiner Tat, die ein Mann einfach begehen mußte, wenn er mich nackt sah. Irgendwie hatte der neue Mitbewohner mir das beigebracht, daß mit spanischen Männern nicht zu scherzen war. Er hatte etwas gesagt wie: Die Menschen sind primitiv, sie sind wie Tiere, wenn sie eine Frau sehen.

Das glaubte ich ihm alles, und es war interessant für mich, ein wenig jedenfalls, wie gefährlich ich sein konnte. Und so hatte ich mich selbst noch nie erlebt: als Provokation.

Er war sehr nobel. Er verzieh mir. Er sagte, das sei ein kleiner Irrtum von mir gewesen, und er glaube mir, daß ich mir dabei nichts gedacht habe. Ihm sei klar, daß Touristinnen in Spanien nicht wüßten, wie sie sich zu benehmen hätten. Aber wenn ich hier wohnte, würde er für mich verantwortlich bleiben. Denn er sei Spanier und habe in diesem Haus in Spanien für Ordnung zu sorgen.

Er sagte später, als ich angekleidet aus dem Zimmer kam, er würde mir helfen, von nun an keine Fehler mehr zu machen.

Als Eduardo kam, tat er, als ob er nicht mit mir gesprochen hätte. Er benahm sich heiter, leicht, burschikos, und er redete viel mit Eduardo, auf spanisch, und so verstand ich nichts. Was er mir zu sagen hatte, brachte er auf französisch vor.

Monsieur. Je vous aime. Je vous aime plus que Eduardo.

Er schaute. Aber Sie sind doch ... Sie sind doch die Braut von Eduardo. Sie können mich nicht mehr lieben als ihn.

Ich bin nicht seine Braut. Ich bin eine Bekannte. Ich bin mit Fernando Rivera verlobt, einem Freund von Eduardo. Ich bin hierhergekommen, um zu arbeiten. Eduardo sagt nur, daß ich seine Braut bin. Er blieb vor mir stehen.

Nun wird mir etwas klar, sagte er auf französisch. Ihr Benehmen ist mir ohnehin nicht wie das einer Braut vorgekommen. Und warum sind Sie nicht bei Ihrem Verlobten? Wie heißt er?

Fernando Rivera. Er wohnt in Madrid.

Warum wohnen Sie hier?

Weil ich hier Arbeit wollte.

Was für Arbeit?

Packen. Drüben in dem Gebäude.

Aber dort ist es sehr heiß. Und es sind genug Arbeiter da.

Ich dachte, daß ich, wenn ich hier wohne, auch eine Arbeit bekomme. Ich wollte Geld verdienen und Spanisch lernen.

Das können Sie doch in Madrid viel besser.

Ja, ich denke es mir auch. Aber vorher habe ich das nicht gewußt. Sie sind mir sehr sympathisch, weil Sie so schön singen. Das wollte ich Ihnen sagen. Ich kenne diese Lieder von daheim. Man hört sie bei uns im Radio.

Ja, das ist lateinamerikanische Folklore. Auch bei uns sehr beliebt.

Singen Sie das Lied noch einmal, bitte.

Welches.

Das von der Frau. Von Gott. Das hat mir besonders gefallen. Die Melodie kenne ich von daheim, aber die Worte habe ich so zum ersten Mal gehört.

Wir unterhielten uns. Ich sprach gewählt. Französisch ist so elegant, daß man selbst dabei nur elegant sein kann. Und auf französisch ließ sich alles sagen, genau wie auf englisch. Wenn du in einer neuen Sprache sprichst, hast du nicht soviel Angst wie in der eigenen, die du als Kind nur mühsam und oft unter Schmerzen und mit großen Enttäuschungen lerntest.

Auch er sprach elegant und benahm sich als Kavalier.

Und Ihr Verlobter? Sehnt er sich nicht nach Ihnen?

Wir treffen uns beinahe jeden Tag. Ich fahre nach Madrid und gehe mit ihm ins Schwimmbad.

Da kann ich Sie hinbringen. Wenn Sie warten, bis ich mit dem Auto nach Madrid fahre, nehme ich Sie mit.

Danke, das ist nicht nötig. Ich fahre per Autostopp.

Das dürfen Sie nicht, hier in diesem Land. Die Menschen sind sehr schlecht. Sie werden Ihnen etwas tun. Wissen Sie nicht, was eine Vergewaltigung ist? Violación. Violente. Peinlich. Schmerzhaft. Vergewaltigung.

Nein.

Dann lassen Sie sich von mir sagen: Precaucón.

Vorsicht. Atención. Attention. Les hommes. Die Männer. Sie verstehen mich?

Nein. Nicht ganz.

Sie dürfen nie zu einem Mann in ein Auto steigen. Ein Mann biegt ab, ein Mann macht mit Ihnen, was er will. Und Sie können sich nicht wehren. Er nimmt Ihnen den Paß, er reißt Ihnen die Kleider vom Leib.

Was er nicht sagen konnte, deutete er mit Gesten und mit Mimik an, auch mit Pantomime. Er war sehr lebhaft. Ich fand ihn witzig. Auch spannend, wie er sich mir mehr und mehr näherte. Und dabei blickte er mich so an, als kenne er mich schon sehr lange.

Ein Vertrauen zwischen ihm und mir, seit ich gesagt hatte, daß ich nicht die Braut von diesem Eduardo war. Der wie ein Fremder umherging, der nicht mehr lachte, seit wir unter vier Augen waren. Viel zu streng, hatte ich gedacht, benimmt dieser Mann sich zu mir. Der Spanier war lustiger. Der nahm sich selbst nicht so bitterernst.

Ich habe vor Vergewaltigung keine Angst.

Das ist, weil Sie noch keine erlebt haben. Aber die Frauen im Krieg haben das erlebt. Sie wissen ja, daß in Spanien ein Bürgerkrieg war.

Ja.

Und auch heute noch sind Männer zu Frauen, wenn Frauen ungeschützt reisen, brutal.

Aber Sie nicht.

Nein, ich nicht. Denn ich möchte Ihnen ja helfen. Und deshalb bleiben Sie hier, bis ich nach Madrid fahre.

Bringen Sie mich mit dem Auto nur zum Bus, vielleicht?

Oder er schlug das vor. Ich war danach auf jeden Fall bereit, mich nicht an die Straße zu stellen, sondern mit Spaniern im Bus zu sitzen, und ich begann mich vor den Männern zu fürchten, die mich anschauten. Vielleicht hatte Miguel recht. Vielleicht dachten diese Arbeiter wirklich an nichts anderes, als wie sie mir auf den Leib rücken könnten. Früher hatte ich mich nicht gefürchtet. Und wenn, dann nur während einer Autostoppfahrt, daß der Mann am Steuer plötzlich eine Idee haben könnte. Ich wußte natürlich, daß es das gab, Mord, Raub, Vergewaltigung, aber nun hatte ich im Bus das Gefühl, unter Feinden zu sitzen.

Die Rede des Spaniers war eindringlich gewesen, seine Blicke tief. Er hatte große Augen, vorstehende, riesige Augen. Er neigte den Kopf und sprach viel, unaufhörlich, wenn er einmal begann, und ich kam nicht mehr dazu, etwas entgegenzusetzen. Ich hörte ihm zu.

Mein Verhältnis zu diesem Mitbewohner war nun definiert. Ich durfte zu Fernando, mußte aber zu meinem Schutz so reisen, wie der Einheimische es mir empfahl. Ich durfte ihn nicht enttäuschen und seine Warnungen nicht in den Wind schlagen. Er meinte es gut, und es tat gut, jemanden in diesem Land zu haben, dem ich nicht gleichgültig war.

Fernando gab mir nicht das Gefühl, daß er mich wirklich wollte. Er küßte mich überfallsartig und plötzlich, wenn ich gerade etwas erzählen wollte, und dann wandte er sich ab, hielt mich mit einer Hand am Oberarm, blickte um sich, schien mich wieder zu vergessen.

Er sprach nicht über das Mädchen Gloria und nicht über das Kind. Er schwieg, küßte mich, blickte wieder weg. Er schien immer so beschäftigt mit dem Stehen im Bus, dem Festhalten, dem Schauen, ob wir schon auszusteigen hatten.

Ich liebe nur meinen Vater, sagte ich.

Und ich stelle mich nicht hinter ihn, sagte Fernando. And I don't put myself behind him.

Du weißt nicht, was du redest, dachte ich, du Idiot. Du hast keine Ahnung, wie es mir geht, kennst mich nicht, küßt mich und weißt nicht, wen du küßt. Du fragst überhaupt nicht, wie ich hergekommen bin in dieses Land und warum. Du hast mir noch nichts Liebes gesagt, seit ich hier bin, außer im Bett. Du tust am Tag, als sei ich dein Besitz. Und ich möchte von niemandem besessen werden, sondern frei sein.

Komm, sagte er, und dann ging ich wieder in die Richtung, die er einschlug.

Wir kamen an Studenten vorbei, die ihm etwas zuriefen. Er rief einen Scherz zurück und machte ein Zeichen mit der Hand. Einige Finger gekrümmt, die anderen wegstehend. Es war eine Bewegung, die ich als eindeutig erkannte, aber nicht verstand.

Was machst du da.

Sie sind ... sie wollen mich nur hänseln.

Warum.

Einfach so.

Wir gingen zur Universität, wo es für Studenten auch im Sommer Mittagessen gab. Er trug ein Tablett, ich mein eigenes. Wir bekamen Paella mit Schöpflöffeln aus einem großen Topf serviert. Wir setzten uns an einen der Tische im Saal.

Die Paella, auf die Eduardo uns eingeladen hatte, war besser gewesen. Hier schmeckte sie süßlich, war sehr gelb, aber mit kleineren Krebsen und kaum sichtbaren Muscheln.

Fernando hat kein Geld, dachte ich, und er hat keine drei Zimmer, sondern nur eines, und er hat doch gesagt, daß er in einer Wohnung mit drei Zimmern lebt und daß seine Mutter hier sein wird, wenn ich komme, und das alles ist nicht wahr.

Warum erklärt er nichts, dachte ich, und ich wollte ihn nichts fragen. Ich wußte nicht, was in seinem Gesicht so dunkel war und so hart. Er hatte noch kein einziges Mal wie in Walton gelacht.

Warum war ich überhaupt gekommen, und was sollte ich noch tun? Man kann nicht von einem Urlaub heimfahren, nach nur zwei Wochen. Ich mußte Spanien erleben, damit ich etwas erzählen konnte, wenn ich heimkam. Es sollte möglichst viel sein, damit es meinem Vater nicht leid tat ums Geld. Ich mußte die Sprache lernen, auch wenn sie unmöglich schien. Schwer. Wie Latein, und so trocken. Nicht melodisch, wie das Französische, sondern hart. Mit einer irgendwie simplen, aber nicht leicht zu begreifenden Grammatik. Ich wollte verstehen, was Fernando mit den anderen Männern redete und worüber sie so oft lachten und er dann auch. Aber er schenkte sein Lachen nicht mehr mir.

In Las Rozas gab es kein Meer. Miguel brachte eine Gitarre aus Madrid mit. Er sagte, er habe dort eine Wohnung. Er sang: Frau, wenn du mit Gott sprechen kannst, dann frage ihn, ob ich je aufgehört habe, dich zu lieben.

Das Land war so, daß man sich vor der Sonne schützte. Mittags schliefen die Spanier. Siesta nannte man es.

Ich konnte mich zu Mittag nicht hinlegen. Ich wollte die Sonne nicht versäumen. Aber nun mußte ich im Haus bleiben.

Draußen war das Land trocken und flach. Ich lief gern weit. Aber hier war es zu heiß. Man blieb im Schutz des kühlen Hauses, im Schatten der Jalousien. Sonnenlicht war nicht willkommen, sondern sogar als gefährlich erkannt. Man wehrte sich hier gegen die Sonne, und in Österreich wehrte man sich gegen Kälte und Winterstürme.

Miguel sang: Im Weizen ist die schönste Blume, die Blume der Blumen, der Mohn. Und den überreiche ich dir, Dolores.

Dabei blickte er mir tief in die Augen.

Er war eigentlich ein harmloser Mensch, wenn er sang, und ich machte Witze über seine Bewegungen. Ich sagte, er komme mir vor wie ein Homosexueller.

Marica, marica, ich bin ein marica, rief Miguel.

Er spazierte auf und ab, schwenkte die Hüften, warf schelmische Blicke, zeigte, was für schöne Wimpern er hatte. Er ahmte ein weibliches Seufzen nach, fuhr sich übers Haar, spreizte die Finger dabei hysterisch.

Marica war ein Schimpfwort. Maricas waren das Schlimmste überhaupt für diesen Miguel.

Er sagte, sie versuchten ihn zu verführen. Er weiche ihnen aus, wo er könne. Auch die Kommunisten konnte er nicht leiden.

Miguel ist Frankist, sagte Eduardo.

Natürlich sei er Frankist. Franco habe den Bürgerkrieg gewonnen und Spanien vor dem Kommunismus bewahrt.

Wenn er mir zu nah kam, schlug ich ihn mit der Faust in den Bauch.

Wirklich nahkommen durfte mir nur Fernando, und den besuchte ich jeden Tag in Madrid. Wir trafen uns im Schwimmbad des Universitätsgeländes. Ich zeigte dort meinen österreichischen Schülerausweis vor, dann durfte ich die piscina universitaria betreten.

Wenn es Abend wurde, begleitete mich Fernando zum Bus bei einer Station, die Moncloa hieß und im alten Madrid lag.

Mich interessierte die Architektur der Stadt nicht besonders, seit Fernando mir einen Platz gezeigt hatte, plaza mayor, auf dem Hexen verbrannt wurden im Mittelalter. Er war mit mir nach Toledo gefahren und hatte dort dasselbe erzählt. Er sagte, die Spanier lebten noch immer im Mittelalter, nur zeigten sie es nicht. Er habe Lust, sein Studium bald zu beenden, um nach Kolumbien zurückzukehren. Spanier machten ihm schlechte Laune, Franco sei ein Diktator, rückständig, altmodisch, verbiete vieles, was in England erlaubt sei, und nächstes Jahr sollten wir uns wieder in England treffen.

Er küßte mich, wenn der Bus startete. Ich ließ mich

küssen, küßte manchmal mit, ließ meine Arme hängen, wußte nicht mehr, ob ich ihn wollte. Daß ich ohne ihn nicht sein konnte, spürte ich. Aber wenn ich bei ihm saß im Schwimmbad, wußte ich nicht, wie es weitergehen sollte.

Es beruhigte mich, daß er bei mir war. Aber wie sollte ich ihn fragen nach seinem Leben in dem einen Jahr. Warum hat er das Kind gemacht, dachte ich.

Au, meine Gastritis! rief Miguel, wenn ich ihn mit der Faust schlug.

Er näherte sich mir zu oft.

Marica, ja, ich bin ein marica. Willst du mit einem marica tanzen, möchtest du einen marica hören, wie er dich anbetet? Denn ich bete dich ja an, mein Himmel, sagte er. Mi cielo.

Ich schaute im Wörterbuch nach. Immer wieder nannte er mich cielo. Himmel.

Warum sagst du Himmel zu mir? fragte ich.

Weil das zu dir paßt. Du bist mein cielo. Oder sagt dieser Fernando das zu dir, fragte er.

Meist zeigte er nur auf seine Wangen, um anzudeuten, daß er von Fernando sprach. Fernando hatte sein Gesicht rasiert, aber vor den Ohren ließ er das Haar und den Bart stehen. Er hatte Koteletten.

Miguel deutete die Koteletten an, wenn er fragte: Und dein Verlobter in Madrid nennt dich nichts Liebes?

Dann sagte er, das würde er mir geben. Corazón mío, mein Herz. Muñeca de cristal, meine Puppe aus

Glas. Ich werde dich in Watte wickeln, te envolveré en algodón.

Er zeigte mir, nach einem Gang ins Badezimmer und zurück, wo ich meinen Wattesack hatte, was das war, algodón.

Cielo mío, amor mío. Espejo de mi alma, Spiegel meiner Seele.

Ich lachte. Was sagst du zu mir?

Alles, was ein Mann einer Frau zu sagen hat, wenn er sie liebt. Was sagt denn der ... Er deutete die Koteletten an.

Nichts.

Aber er muß dir doch einen Namen geben.

Er gibt mir keinen. Ja, er nennt mich schreckliches Mädchen. Das heißt, das war vor einem Jahr. Jetzt nennt er mich nichts mehr.

Warum hat er dich denn schreckliches Mädchen genannt?

Das weiß ich nicht.

Aber du bist doch eine wunderbare Frau. Oder bist du noch keine Frau? Sag es mir.

Ich bin eine ... virgin ... wie sagte man das auf französisch, auf spanisch? Ich wußte es nur deutsch. Jungfrau. Ich schaute im Wörterbuch nach. Virgen hieß es auf spanisch.

Ach so, du bist noch eine virgen, dann bist du also meine Jungfrau.

Nein, ich bin nicht deine. Ich bin mit Fernando verlobt.

Und dieser Fernando, warum kommt er nicht her. Warum besucht er dich nicht. Warum holt er dich nicht ab. Sag ihm, wir warten hier auf ihn, Eduardo und ich. Er soll zu uns kommen, mit uns trinken, mit uns singen. Er soll mit uns sitzen und reden und sich mit uns unterhalten.

Das werde ich ihm sagen, versprach ich.

Aber Fernando fragte im Schwimmbad nur, ob Miguel das wirklich gesagt habe.

Ja.

Dann frage ihn, ob ich bei dir im Bett schlafen darf, wenn ich bei euch trinke.

Gut.

Ich fragte Miguel, und er empörte sich. Er sei Spanier. Er werde nicht erlauben, daß ein Kolumbianer eine Österreicherin hier zur Hure mache.

Sie unterhielten sich lange, Eduardo und Miguel. Ich verstand nichts, weil sie sehr schnell sprachen. Nein. Du sagst ihm: Er kann kommen, aber er muß um Mitternacht mit dem letzten Bus nach Madrid zurückfahren. Wir haben nur drei Betten. Oder er bringt eines mit und stellt es im Wohnzimmer oder in der Garage auf.

Ich sagte es Fernando.

Miguel ist ein marica, sagte er. Es gibt maricas, die sind mit Männern. Sie haben nichts gegen Frauen. Es gibt maricas, die mögen Frauen nicht. Rede nicht so viel mit Miguel. Er gehört zu den maricas, die es nicht zeigen. Aber ich kenne ihn. Eduardo hat mit ihm studiert. Und sage ihm, er soll dir keine Schimpfwörter beibringen. Und wenn er wieder sagt, daß du meine Verlobte bist, dann sagst du ihm: Fernando ist mein Mann, und ich bin seine Frau. Señor und señora.

Miguel hatte mich gelehrt, zu Fernando zu sagen:

Dame un beso de tornillo y fóllame. Gib mir einen Schraubenkuß und fick mich.

Fernando sagte, als er mit mir das aguardiente trank: Sag Miguel, daß ich dir Liebesküsse gebe, besos de amor. Keine besos de tornillo. Und sage ihm, daß ich dich lieben werde, wenn ich dich heirate.

Miguel schickte mich zu Fernando zurück. Sag ihm, daß er ein Feigling ist, wenn er nicht herauskommt und hier mit uns sitzt und in der Garage schläft.

Raphael, der Sänger, sang im Radio das berühmte Laura-Lied. Nichts bin ich ohne Laura, nada soy sin Laura.

Hablemos del amor. Sprechen wir über die Liebe. Una vez más. Noch einmal. Die uns angeht. Qué nos importa.

Hablemos. Laß uns sprechen.

Qué nos importa. Was geht uns das an. Aquella gente. Was gehen uns jene Leute an.

Una vez más. Noch einmal.

Laß uns über die Liebe sprechen.

Immer wieder mischte Miguel sich ein. Raphael singe wie ein marica, rede wie ein marica, kleide sich wie ein marica und benehme sich wie ein marica.

Aber mir gefällt er, sagte ich. Pero a mí me gusta. Und er ist ein maricón. Das war noch schlimmer. Maricón war der potenzierte marica.

Was hat Miguel dir getan, fragte Eduardo manchmal.

Er quälte mich so, daß mir die Tränen kamen. Er

stand vor mir, schnitt eine Grimasse, klappte sich die Lider hinauf, so daß sie nach oben ausgebogen waren. Seine Augäpfel ragten dann heraus. Er hob die Arme, ließ die Hände wie leblos herabfallen, schüttelte die Arme hin und her, und es sah aus, als sei er spastisch.

Miguel, laß das, sagte ich.

Ja, Miguel, hör auf, bat Eduardo, nachdem er eine Weile gelacht hatte.

Ich weinte leicht, denn beim Anblick von Spastikern in der großen Stadt Madrid fiel mir ein, daß mein Vater gesagt hatte, solche Menschen müsse man umbringen.

Sie stritten über den Wert, den die Diktatur hatte. Miguel verteidigte Franco, Eduardo kritisierte ihn. Miguel schlug Eduardo vor, zurück nach Südamerika zu gehen, wenn es ihm in Spanien nicht gefiel.

Fernando versuchte mich zu deflorieren, aber es ging nicht. Er versuchte sein Glied in mich zu schieben, stieß aber an.

Er küßte mich, streichelte mich, küßte lange meine Scham, und irgendwann schliefen wir. Ich überlegte, ob ich meine Hand auf seinen Penis legen durfte, wenn er schlief. Dann ließ ich es. Ich schaute sein Profil an, und ich wollte mein Gesicht auf seinen Bauch legen.

Auf die Erde legen die Indianer ihre Köpfe, um zu hören, ob Feinde trappeln. Ich wollte gerne ausprobieren, ob ich, wenn ich meinen Kopf auf seinen Bauch legte, während er schlief, Pferde hörte.

Am Morgen gab er mir eine Zigarette. Sie war aus süß schmeckendem Papier. Schwarzer Tabak. Pielroja hießen sie: rote Haut. Er hatte sie aus Kolumbien bekommen. Auch aguardiente, einen wasserklaren Schnaps.

Einmal faltete er eine Zeitung auseinander. Seine Mutter hatte sie ihm geschickt. Amanda Rivera Rojas, stand dort. Und ein Foto. Primaballerina. Bogota. Ballet.

Sie ist so alt wie du.

Ja, ich weiß, sagte ich.

Ich habe noch einen Bruder, der ist jünger als ich. Alvaro.

Aha.

Sandi Shaw sang ein reizendes Lied. Mañana. Wenn du morgen kommst, muß ich dir die Wahrheit sagen. Ich habe mit einem anderen geschlafen.

Was heißt mañana, fragte ich.

Tomorrow, sagte Fernando.

Und dann war es, als ob ein ganzes ganzes Land, Spanien, mañana hieße.

Ich war so morgenfroh, wenn ich sein schwarzes Haar neben mir sah. Er küßte mich, bis ich meine Wangen brennen spürte. Er rieb sein Gesicht an mir, das bartstoppelig war. Er gab mir gleich nach dem Aufwachen einen Schluck von dem brennenden Wasser, dem aguardiente.

An meine Freundin Ingrid schrieb ich, die Nächte mit Fernando seien unsagbar heiß. Ich formulierte es französisch. Es war eine Abmachung zwischen ihr und mir, unausgesprochen, daß wir, wenn wir französisch oder englisch redeten, einander nur belogen. Natürlich hätten die Nächte heißer sein sollen. Natürlich wollte ich etwas erleben. Und wenn ich an Ingrid schrieb, konnte ich Spaß machen und zugleich glauben, daß es vielleicht so war.

Ich wußte nicht, daß Miguel, wenn er aufräumte, die Briefe las. Er nannte mich eine hipócrita, Heuchlerin, und er fragte, weshalb ich ihn belog. Und weshalb ich meine Freundin belog, wenn ich ihn nicht belogen hatte.

Es gab damals eine Spannung zwischen ihm und mir, die so hart war, daß ich nachgab.

Gut, ich bin deine Freundin, sagte ich. Ich verspreche dir, daß ich dich nie anlügen werde.

Daß er mich nicht ansah, hatte ich nicht ertragen. Wenn ich in dem Haus bleibe, dachte ich, und wir sind nie wieder lustig, was mache ich.

Miguel, bitte, ich möchte mit dir gut sein, sagte ich.

Sie fuhren in Don Carlos' Lieferwagen nach Valladolid und nahmen mich mit. Ich schlief hinten. Als sie geliefert hatten, schlief ich noch immer. In Valladolid wurde es hell. Ich hatte die Menstruation und lag im Auto mit Watte in der Hose, mit Bauchweh, das ich wegschlief. Als es mir besser ging, waren wir in Segovia, und sie zeigten mir den Aquädukt.

Hier hatten die Römer gelebt. Ich wußte es nicht.

Wenn ich es in der Schule gelernt hatte, dann war es schon wieder vergessen. Sie luden mich ein in ein sogenanntes meson. Das Haus von Candido. Candido war ein berühmter Gastronom. Alle Touristen ließen sich gern mit ihm fotografieren. Es gab dort Spanferkel, seine Spezialität, und sie erklärten mir, wie jung ein Schweinchen sein muß, damit es knusprig wird am Spieß.

Oft saß Fernando im Schwimmbad mit bösem Gesicht. Wir hatten gestritten. Er hatte kein Geld und ließ sich von mir nichts geben. Er war hungrig und nahm kein Essen von mir. Er sagte, er sei ein Mann, er dürfe sich von mir nichts kaufen lassen. Warum wohnst du bei Eduardo, fragte er.

Weil du einer anderen ein Kind gemacht hast, dachte ich.

Warum wohnst du nicht bei mir?

Weil ich nicht will, sagte ich dann laut.

Sie stritten über den Wert des Stierkampfs. Ich sagte, ich sei dagegen, daß man Stiere tötet. Eduardo fragte mich, ob ich den Hahnenkampf in Mexiko kannte. Der sei viel grausamer. Ich sagte, man müsse keine Hahnenkämpfe kennen, um gegen Stierkampf zu sein.

Sie stellten sich auf die Seite der Spanier, die die Tradition wahrten. Stierkämpfer reagierten sich an Tieren ab. Der Stier wolle kämpfen. Dazu sei er geboren.

Ich spielte den Stier und lief Eduardo mit aufgestellten Zeigefingern, die ich an meinen Kopf hielt, ins Handtuch.

Er war aus dem Bad gekommen, mit nacktem Oberkörper.

Ich flüchtete zu Eduardo, wenn Miguel mir auf die Nerven ging. Eduardo war ruhig, hatte eine brummende Stimme. Er sah ein wenig wie ein Schwarzer aus, und er schwitzte viel. Sein Haar war kurz und gekräuselt. Eduardo war ziemlich groß.

Was hat Miguel dir getan, fragte er.

Nichts.

Miguel, was hast du ihr getan?

Nichts. Ich bewundere nur ihren Nabel.

Miguel küßte meinen Nabel, wenn ich von Fernando kam. Er schob mir die Bluse hinauf und fragte, ob er ihn anschauen dürfe.

Mit Eduardo redete ich nur englisch. Wenn ich auf ihn böse wurde, weil er irgend etwas, was ich erklären wollte, nicht verstand, unterhielt ich mich auf französisch mit Miguel.

Zwei Männer. Da kannst du ausweichen.

Wenn ich in mein Zimmer ging, kam er nach. Er prüfte, ob die Jalousien gut herabgezogen waren. Als ich ein Geräusch hörte, das jede Nacht kam, sagte er, das sei el grillo, und ob ich el grillo noch nie gesehen hätte.

El grillo, die Grille.

Er nannte es nicht eine Grille oder die Grillen,

sondern el grillo, so als ob ich jene eine Grille kennen müßte.

Er brachte mich zum Lachen. Er sang mir Schlaflieder. Wie man sie nur einem Kind sang, in Spanien.

Geh nun ins Bett, dann stehst du früher auf. Morgen werden wir viel unternehmen.

Er weckte mich mit Küssen. Er kniete vor meinem Bett, streichelte mich, und er zeigte auf seine Uhr, es sei schon zehn Uhr morgens.

Er fragte, ob ich ein Frühstück ans Bett bekommen wolle.

Er hatte mich gebeten, den Schlüssel nicht umzudrehen, er sei ein gentleman, und das sagte er englisch, und auch Eduardo sei ein gentleman.

Wenn er eine Weile neben mir gekniet war, kam Eduardo und kniete sich ans Bett und küßte mich auch.

Es war mir peinlich, von Männern gesehen zu werden nach dem Aufwachen. Wenn ich noch nicht frisiert war, noch nicht gewaschen, wenn mein Atem schlecht roch, vom langen Schlaf. Ich wollte ungestört sein, aber sie machten Witze. Fernando aber war immer so ernst.

Es ist mir noch nie so gut gegangen, stellte ich fest. Yo te mimo, sagte Miguel. Schau nach, was mimar heißt.

Verwöhnen, stand im Langenscheidt.

Auf einmal war mir, als könne er Deutsch und als tue er nur so, als ob er es nicht könne. Mir war, als wisse er viel mehr, als im Wörterbuch zu finden war. Und daß nur ich, weil ich so jung war, das Wörterbuch brauchte.

Er sagte mir Worte, die, wenn ich sie nachschlug, genau die waren, die ich hören wollte.

Te adoro, sagte er. Schau nach. Te idolatro. Ich bete dich an. Ich vergöttere dich.

Mein Glück war, so wie noch nie geliebt zu werden, und das Unglück war, daß ich ihn ekelhaft fand. Wäre Miguel so wie Fernando gewesen, die Haut, das Haar, der Mund, und wären Fernando alle diese Wörter eingefallen, ich hätte meinen Eltern geschrieben, daß ich nicht mehr nach Hause fahren könne.

Du hast noch nie einen so guten Freund gehabt, begann Miguel, nachdem er mir erklärt hatte, wie böse es von mir und von Fernando gewesen war, daß ich in Madrid blieb, eine ganze Nacht. Er, aber auch Eduardo, hätten gewartet, und es sei sehr peinlich gewesen, denn auch Don Carlos habe gewartet, im Dorf Las Rozas, beim Autobus. Sie hatten mich so wie immer zum Haus bringen wollen, im Auto, und sie hatten mit mir abendessen gehen wollen in ein schönes Restaurant.

Fernando hat doch angerufen bei euch in der Fabrik und gesagt, daß ein Geburtstag gefeiert wird und eine Fiesta stattfindet. Ein Fest.

Nein, das hat er nicht getan, und jetzt höre, was dir dein guter Freund sagt: Fernando ist Kolumbianer. Alle Kolumbianer lügen. Er würde dich nicht heiraten, wenn er mit dir nach Kolumbien fliegt. Er würde dich dort anbieten auf dem Strich und dich verkaufen. Er würde dich mit Drogen versorgen. Er ist kein Medizinstudent. Das hat er dir erzählt, aber er ist Veterinär. Er ist älter, als du glaubst. Er hat einen schlechten Ruf. Er ist ein Zuhälter. Damit finanziert er sein Studium in Madrid. Er ist aus einer armen Familie in Kolumbien. Du siehst ja, seine Schwester muß ballettanzen.

Halb glaubte ich es, halb war ich fassungslos.

Halte dich an mich. Er hat nicht nur einer ein Kind gemacht, es sind mehrere Frauen, die schon Abtreibungen hatten. Er schickt Mädchen auf den Strich, auch in Madrid, damit er die Abtreibungen zahlen kann und auch Alimente. Er hat mehrere uneheliche Kinder.

Miguel blickte so ernst, daß ich mir Sorgen machte. Warum war ich so dumm gewesen?

Ich spreche zu dir so wie zu einer Schwester, sagte Miguel. Ich habe eine Schwester, die lebt bei meiner Mutter und bei meinem Bruder. Ich liebe meine Schwester sehr. Wenn sie mit einem Kolumbianer herumliefe, würde ich genau dasselbe zu ihr sagen. Ich habe meine Schwester immer beschützt, und ich benehme mich zu dir nur so wie zu ihr. Glaub mir, du hast keinen besseren Freund in Spanien. Ich bin ein Mensch, der für die anderen lebt. Ich löse stets alle Probleme, die die anderen haben. Es kommen viele Studienkollegen zu mir und bitten mich um Rat. Ich bin ein selbstloser Freund.

Desinteresado hieß selbstlos. Ich war stolz, schon so viel zu können. Er zeigte mir die Wörter im Langenscheidt, wenn ich sie nicht verstand. Er sagte, er werde mich nicht nur Spanisch lehren, nicht nur Lieder, nicht nur Gedichte, nicht nur kochen, sondern auch Sitten. Er sagte, er müsse mich aufklären über das Land, weil ich naiv sei und gutgläubig. Den besten Beweis hätte ich ja schon erlebt. Ich sei im Sommer vor einem Jahr verliebt gewesen in einen Betrüger. Welcher Mann tut denn das einer Frau an, die er liebt, die er seine Braut nennt, sagte er, wenn er in Spanien eine Braut hat, die er heiraten muß, weil er sie geschwängert hat, oder aber er zwingt sie, wenn er brutal ist, zur Abtreibung.

Mir ging das alles durch den Kopf. Noch nie hatte ein Mann mit mir über aborto gesprochen, Abtreibung.

Ich war froh, daß ich Miguel kannte. Auf einmal kam mir vor, als hätte mich noch nie ein Mensch so ernst genommen wie er.

Ich will nur, daß du glücklich bleibst. Wenn du möchtest, suche ich für dich einen anderen Freund. Denn ich bin selbstlos. Desinteresado.

Meine letzte Woche in Spanien wollte ich in Madrid verbringen. In einem Zimmer sitzen und schreiben. Dann auf die Straße gehen. Fernando besuchen oder Adalberto, seinen Freund, einen Kolumbianer, der sehr gut Gitarre spielt.

Ich sagte es den beiden Männern. Sie begannen mich zu tadeln. Warum willst du von uns fort?

Falsche Freude eines Samstags, falsa alegría de un sábado, schrieb Miguel mir auf ein Blatt Papier.

Daß ein Mensch sich die Mühe machte, mir etwas, obwohl er im Zimmer war, zu schreiben.

Falsche Freude eines Samstags, der dich forttragen wird, mit einem anderen Mann. Que te llevara, con otro.

Warum schrieb Fernando mir nie so etwas?

Ich las mit Ehrfurcht. Ich schaute Miguel an.

Er trank Cognac und schenkte mir ein.

Trink.

Er gab mir Zigaretten.

Rauche.

Fernando hatte sich nie so sehr um mich bemüht.

Miguel, das war für mich der Inbegriff eines Mannes, der liebte. Unglücklich liebte.

Warum nach Madrid? Ja, sie hatten recht. Ich wohnte bei ihnen. Ich durfte nicht eine Woche allein sein. Das war undankbar. Ich sah ein, wie recht sie hatten. Undankbar war ich schon immer gewesen.

Ich bat Miguel am nächsten Tag, mir zu sagen, wieviel ich zahlen mußte. Ich hatte angenommen, das Essen und Trinken würde bei meiner Abreise in drei Teile geteilt. Ein Drittel bezahlte dann ich. Aber Miguel wehrte ab. Er sei mein Gastgeber. Eduardo und er hätten beschlossen, sich meine Kosten zu teilen.

Ich versuchte es noch einmal: Bitte, laß mich zahlen.

Nein. Du bist unsere Freundin gewesen, unsere Kameradin, unsere Schwester.

Berührungen

Meine Mutter hatte keine Freude. Sie sagte, daß Kolumbien zu weit weg sei. Sie könne mich dort nicht besuchen und mir nicht helfen, wenn ich in Not sei. Außerdem seien Südländer untreu und eifersüchtig.

Der sperrt dich ein. Und du kannst nicht weg. Dann hast du Kinder und bist in einem fremden Land, kannst mit niemandem deutsch reden. Flüge nach Südamerika sind zu teuer. Da kann ich nicht oft kommen. Und, schau, ich möchte doch, wenn du dein erstes Kind bekommst, bei deiner Entbindung dabeisein.

Das habe sie sich gewünscht, daß sie bei allen ihren Töchtern bei den Entbindungen dabeisein dürfe.

Ich litt unter meinem Körper. Nackt kam ich mir häßlich vor. Die Nacktheit meiner Mutter störte mich. Ihr weißes Fleisch, ihre großen, runden, festen Brüste. Sie gefielen mir nicht in der Form. Ich mochte Mädchenbusen lieber.

Nie hatte ich einen Busen berühren dürfen. So gern hätte ich mit gleichaltrigen Mädchen unsere Brüste abgetastet. Aber meine Freundinnen und ich redeten immer nur über Busen, anstatt Busen zu streicheln.

Meine Mutter mochte ich nicht streicheln. Zu ihr warf ich mich manchmal hin, verzweifelt. Zum Beispiel, als ich sie bat, in der Klosterschule bleiben zu dürfen und nicht ins Gymnasium gehen zu müssen. Aber da gab es kein Pardon. Meine Mutter blieb stur bei ihrer Vorstellung, nur eine Tochter, die ins Gymnasium ging, würde dem Vater keine Schande machen. Ich sei doch sein gescheitestes Kind, ich dürfe ihn nicht enttäuschen.

Wenn sie mit dem Vater drohte, daß der mich nicht lieben würde, setzte sie mich schon schachmatt. Sie war ein Mensch, der viele Listen anwandte. Manchmal glaube ich, sie war eine Intrigantin. Meine drei Schwestern sind auf mich sehr böse, wenn ich schlecht über meine Mutter rede, aber das geschieht aus unglücklicher Liebe.

Ich habe meine Mutter in der Kindheit abgöttisch geliebt, und den Vater auch. Nachdem es ihm gelungen war, mir die Furcht vor ihm zu nehmen. Ich glaube, das war an den Nachmittagen, an denen er mir das gab, was man Körperkontakt nennt. Zu Frauen hatte ich keinen gehabt, außer zu meiner Tante Traude, die ich sehr liebte. Sie wohnte in Graz, wo sie Pharmazie studiert hatte. Sie war eine Schwester meines Vaters. Eine andere Schwester war bereits gestorben, mit nur 25 Jahren. Diese tote Tante Minnerl beneidete ich sehr um die Liebe meiner Großmutter. Ich versuchte mir vorzustellen, wie sie sich liebevoll benommen haben konnte zu ihrer Tochter Minnerl, denn zu mir war sie stets abweisend und streng. Mit ihrer Tochter Traude sah ich sie nie zärtlich.

Mein Vater war ein Mensch, der mit mir kaum sprach. Er erteilte Rügen im Vorübergehen, als ich in der Pubertät war. Ihn störte es, wenn in der Toilette auf der weißen Toilettenmuschel ein Blutstropfen zu sehen war. Ich vergaß jedesmal, wenn ich die Periode hatte, das Blut wegzuwischen. Immer fragte mein Vater mich zuerst, ob ich die Periode hätte, dann erst, wenn ich bejahte, sagte er das vom Blutstropfen »im Klo«.

Zwischen der Frage und dem Vorwurf lag die Glücksspanne für mich, daß er sich für mein Frausein interessierte. Ich wollte von ihm geliebt werden, weil ich ihn anbetete. Er war von unglaublicher Eloquenz. Ich verstand ihn oft nicht, wenn er Vorträge hielt, privat, in der Küche, beim Essen, denn er belehrte immerzu und schien keinen Fehler zu machen und keinen zu haben. Mein Vater war vollkommen, er konnte alles, und über sein Können redete er viel. Was für ein großer Arzt er sei, und mit wieviel Blödsinn er sich abgeben müsse, und daß er vieles nicht anwenden dürfe, was er im Krieg gelernt habe, denn nun sei ja dieser neue Staat, und vieles, was die neue Medizin gelehrt habe, sei nun verboten.

Er war ein fortschrittsgläubiger Mensch und interessierte sich besonders für Psychopharmaka. Er hatte Zeitschriften abonniert und studierte die Mittel, die aus der Schweiz kamen, und er sprach auch von »Hirnpräparaten«. Ich glaube aber, daß er dabei Gehirne meinte, mit denen er Versuche anstellte.

Irgendwie haben die Reden und Gespräche, die ich in der frühen Kindheit mit angehört hatte, ohne sie ganz zu verstehen, bei mir den bleibenden Gesamteindruck hinterlassen, daß Dr. Herbert Schwaiger ein Mann sei, der töten durfte, wenn er wollte, ja sogar töten mußte, und zwar unheilbar Kranke. Und daß er sterilisieren durfte, was immer das hieß, und daß es eine Rassenhygiene gegeben hatte und eine Volkshygiene, und daß ein Volk von einer Rasse und von Krankheiten befreit wurde, von unnützem Erbgut, das man ausmerzen mußte, weil es den Staat nur Geld kostete, unnütze Menschen, die nichts arbeiten und nichts leisteten, am Leben zu erhalten. Früher seien alle Arten von Schmarotzern, die den Volkskörper befallen hatten, getilgt worden.

Mein Vater erschien mir als ein mächtiger Mann, der Ordnung schuf, und sein Pate schien dieser Adolf Hitler gewesen zu sein, der auf mich den Eindruck eines angenehm und wohlwollend abwesenden Onkels machte. Ich blickte zu meinem Vater auf und fühlte stets Hitler – wohlig und angenehm, friedenverbreitend – in unserer Nähe, wenn der Vater so sprach, denn da er sehr oft Namen mit Haß und Verachtung erwähnte, tat es mir gut zu hören, wenn er von einem Menschen mit Achtung sprach. Er berief sich oft auf Hitler und auf das, was der Führer wollte. So stand Adolf Hitler hinter meinem Vater, schützend, auch mich wohlwollend aus der Ferne anblickend, und ich konnte nicht anders als das deutsche Reich, das es einmal gegeben hatte, gut finden. Hitler war tot und zugleich so mild gegenwärtig wie in anderen Familien vielleicht Christus. Bei uns hing kein Kruzifix, aber in der Luft schwebte eine unsichtbare Hitlerfigur, lebensgroß. Hitler war eigentlich mein Großvater, und nicht jener Mann, den ich Opapa nannte, der aber nur schwieg und sehr viel trank.

Mein Großvater Fritz Schwaiger wurde gefunden, auf der Straße, irgendwo auf einem Gehsteig liegend. Leute hoben ihn auf und brachten ihn heim. Im Oktober 1962 starb er, und ich glaube, daß mein Vater und meine Mutter ihn »erlösten«.

Sie schickten mich nach Linz, mit Krankenscheinen, und als ich zurückkam, war mein Großvater tot.

Ich hatte ihn sehr geliebt, als kleines Kind. Das fiel mir dann ein, als ich weinen wollte und meine Mutter mich nicht ließ. Sie stand neben mir und redete dazwischen, und ich wollte nach meinem Großvater rufen, nach der Kindheit, die nun verloren war. Ich ging in sein Schlafzimmer, und mit einer weißen Serviette band ich ihm das Kinn hinauf. Sein Gesicht war noch warm, und ich streichelte ihn ein wenig. In der Aufbahrungskapelle war mir dann, als ob er lächelte. Seine Bartstoppeln waren noch ein wenig gewachsen, das Haar also noch nicht tot. Ich verstand das nicht, und ich glaube, daß niemand das versteht, aber meinen Vater wollte ich nicht fragen.

Nach dem Tod des Großvaters begannen Umbauarbeiten im Haus. Mein Vater richtete sich eine Bibliothek ein. Ich wurde älter, und meine Mutter nannte mich frühreif und ermahnte mich, kein Früchterl zu werden. Sie war eifersüchtig auf mich, und sie tadelte meinen Körper. Ich sei zu dick, hätte zu wenig Busen, einen zu dicken Hintern, zu dicke Schenkel. Dann wieder war sie von mir entzückt: Mein Gott, du schaust genauso aus wie ich.

Ich hatte eine »Mutti-Figur« und durfte »Mutti-Kleider« tragen und eine »Mutti-Frisur«, das war toupiertes, aufgestecktes Haar.

Du hast so einen lieben Nacken, sagte sie, und sie streichelte mich dort mit ihrer ziemlich plumpen, klobigen Hand.

Auch mein Vater hatte sehr klobige Hände. Später dachte ich, das sei nach dem Krieg so geworden, sie seien bestraft worden für viele böse Taten, die sie begangen hatten, als Euthanasisten.

Meine Mutter war Krankenpflegerin gewesen und Rotkreuz-Schwester. Sie galt nach den Rassegesetzen als jüdischer Mischling zweiten Grades und durfte das Diplom nicht machen, mußte dafür auf andere Art ihre nationalsozialistische Einstellung beweisen. Sie erzählte später, sie sei ein 300prozentiger Nazi gewesen, nicht nur 100prozentig, und zugleich bestritt sie, von der Judenverfolgung oder von der Zigeunerverfolgung gewußt zu haben. Sie habe nie etwas gegen Juden gehabt, behauptete sie in den achtziger Jahren, als ich sie nach ihrer Vergangenheit fragte, aber in den fünfziger Jahren hatte sie einmal eine lange, böse Rede gegen Juden gehalten. Zu meiner Überraschung ließ mein Vater sie damals erklären, was Juden sind, und lächelte dabei, sie stand und predigte.

Das hat mein ganzes späteres Leben negativ geprägt. Ich fühlte mich Juden gegenüber stets schuldig für die bösen Gedanken, die ich gegen sie in der Kindheit und Jugend gehegt hatte. Ich versuchte mich zu befreien von dem Gift des Antisemitismus, und der Prozeß war so schmerzhaft, daß ich begriff, warum Antisemiten nicht zu ändern sind.

Das Wort »Auschwitz« war daheim verboten gewesen. Nur in der frühen Kindheit hatte ich es gehört, und noch ein Wort klang mir als Kind wohlig in den Ohren: »Treblinka«.

Die Juden waren böse, die Nazis gut, Treblinka ein guter Ort, so wuchs ich auf. Das Umlernen kostete mich fast den Verstand.

Die Schizophrenie der Nazikinder. Als wir klein waren, erzählte man uns Dinge, die wir dann nicht weitersagen durften, und durch Redewendungen, die für mich selbstverständlich waren, verriet ich mich oft in Kreisen der Linken, die mich dafür verachteten und deren Blicke mir weh taten, wenn ich merkte, daß mir schon wieder ein Wort herausgerutscht war, für das ich nichts konnte, denn es war eben mein Sprachschatz. Mit Sprache wird, wie mein Vater sagen würde, das Hirn programmiert: vorausgeschrieben, vorgeschrieben, wie du zu denken, zu reden hast. Was du dir merken sollst, was du vergessen sollst, denn sie haben es nie gesagt.

Sie logen, die drohten, ich würde ins Irrenhaus kommen. Sie schimpften über die meisten Menschen, aber zu ihnen taten sie freundlich. Sie verachteten alle Politiker des neuen Österreich.

Nur den Peter mag ich, sagte meine Mutter, den Friedrich Peter von den Freiheitlichen, den wähle ich.

Dieser Friedrich Peter wurde eine zweite Vaterfigur für mich, neben dem toten Adolf Hitler, dessen Leben mich stets sehr interessierte, da er ja »ein Maler und ein Schriftsteller« (Mutter) war. Bis heute verehrt sie diesen Mann, der »nicht wußte, was in seinem Namen alles getan wurde«. Sie meinte, Hitler sei das Opfer böser Menschen gewesen.

Der Goebbels war ein Teufel. Der ist ein richtiger Satan gewesen. Und der Göring war ein Schlemmer, der war dick und ein Egoist, der hat nur gern gut gelebt, der hat den Hitler ausgenützt, erklärte meine Mutter.

Ich fuhr im Sommer 1966 nach England in dem Gefühl, daß meine Eltern mich nicht liebten. Erika Haberbauer fuhr mit mir, und nachts war ich so unglücklich, daß ich mich neben sie legen und mich von ihr streicheln und wärmen lassen wollte. Ich hatte aber sofort ein schlechtes Gewissen und schämte mich entsetzlich vor ihr. Denn ich war ja nicht schön, und sie würde meinen Körper nicht mögen. Ich dachte, sie würde sich vor mir ekeln, und ich stellte mir vor, daß alles an mir ekelhaft sein mußte, denn es war ja noch nie eine Frau zärtlich zu mir gewesen. Meine ältere Schwester wollte ab einer bestimmten Zeit keine Küsse mehr auf den Mund, wandte sich ab, und das hatte mir tiefen Schmerz bereitet.

Ich wollte in Walton on the Naze einen Roman schreiben. Den hätte ich dann gerne meiner Mutter gezeigt, schau, was ich kann, und weil mein Vater die Schreibmaschine zu spät bestellt hatte, war ich verzweifelt, als ich ohne Schreibmaschine wegfliegen sollte. Ich weinte und beschwerte mich, so daß sie mir dann eine mitgaben, die Herta Rammer gehörte, der Ordinationshilfe meines Vaters. Diese Reiseschreibmaschine war zwar fast vollkommen kaputt, aber in England brauchte ich sie dann ohnehin nicht. Denn Fernando führte mich jeden Abend nach dem Tanz im Hotel »Albion« ins Gras, zog mich aus, küßte meinen nackten Unterleib, und diese Zärtlichkeiten befreiten mich von meiner Sehnsucht nach Erika.

Fernandos Nase war so ähnlich wie die meines verstorbenen Onkels Fritz, an den ich mich nur in Gefühlen erinnerte, und ich liebte Fernando mit Dankbarkeit und Mißtrauen. Onkel Fritz war eines Tages verschwunden, da war ich drei Jahre alt gewesen.

So bemühte ich mich, Fernando nicht zu verlieren. Ich fürchtete in Walton den Tag, an dem ich ihn meinen Eltern vorstellen mußte. Denn wenn ich ihn mit den Augen meiner Eltern anschaute, dann war er nur eine tänzelnde südländische »Figur«. Mir fiel unwillkürlich das Wort »Untermensch« ein, gegen das ich mich nicht wehren konnte, denn mein Vater mußte früher so etwas wie ein Herr gewesen sein über die Rasse, die die Untermenschen hervorbrachte. Vielleicht war Fernando für ihn ein solcher Untermensch?

Ich begann schon in Walton, mich selbst und Fernando zu hassen, wenn dieses Wort in meinen Kopf kam. Deshalb hatte es später Miguel Herreros mit mir leicht. Er sprach über Fernando so abfällig, daß er dadurch zu so etwas wie einer väterlichen Autorität für mich wurde.

Miguel Herreros rauchte viel, bot mir an, und ich rauchte neben ihm zwanzig Zigaretten am Tag. Er bot mir auch Cognac an und kaufte gezuckerte Kondensmilch in großen Kilodosen für mich, er verwöhnte mich mit Essen (ich war immer hungrig) und Gitarrespiel, mit Liedern, mit Spanischunterricht. Er hatte sich Respekt bei mir verschafft, und ich begann, ihn zu fürchten, als er mich einfach anschrie, auf spanisch, ohne daß ich etwas verstand. Ein solches Angeschrienwerden machte ihn mir unsympathisch, und zugleich mußte ich ihn nachher dankbar lieben, denn er sagte, er habe mich nur beschützen wollen.

Ich verachtete ihn, liebte ihn, es ekelte mich vor seinen mageren Armen und vor seinen großen, vorstehenden Augen, die riesige Lider hatten. Er ging umher und schlenkerte mit den Armen, als sei er ein Spastiker, und ich dachte, solche Menschen sollten nicht leben, die mußten doch umgebracht werden.

Da gab es noch etwas in meiner Kindheit, was ich nicht verstand. Warum mein Vater meine Schwester Gabi nicht umbrachte und auch Astrid nicht, denn sie hatten beide schweren Keuchhusten gehabt.

Ich empfand es immer als Irrtum, daß diese beiden lebten. Bei Gabi war es ein besonders schwerer Irrtum, denn sie wurde mit einem verkrüppelten Arm geboren und hatte nach einer Hirnhautentzündung und Kinderlähmung ein verändertes Wesen. Ihr linkes Bein war leicht verkürzt. Sie hinkte, und um das Hinken zu verbergen, trat sie links nur auf den Zehen auf. Irgendwie mußte dieses Übel doch aus der Welt zu schaffen sein. Warum mein Vater da nicht konsequent gewesen war?

Ich erzählte Miguel sehr viel von meiner Familie, denn er stellte mir viele Fragen, auch über meine Freundinnen Ingrid und Renate Narbeshuber. (Erika erwähnte ich nicht.) Er sprach dann über alle Menschen, die ich erwähnte, so, als ob er sie gut kenne, besser als ich sie kannte. Er deutete mir meine Welt, meine Gedanken, meine Traurigkeiten, und ich wurde von ihm, meinem Psychiater, wie er sich nannte, völlig abhängig.

Ich brauchte ihn immer mehr, denn wenn ich etwas machte, was ihm nicht gefiel, schwieg er und ignorierte mich, wie mein Vater. Ich begann ihn zu fürchten und zu lieben und erzählte stolz, wie wunderbar und wie witzig mein Vater war, wie wichtig. Vielleicht habe ich damals auch von den Euthanasiefällen erzählt, und dann spielte Miguel Herreros die tontos del pueblo nach, die Dorftrottel, und die subnormales, die Unternormalen.

Miguel Herreros redete und dozierte viel, wenn wir aßen, er, Fernandos Freund Eduardo und ich.

Ich war bei Fernando ausgezogen, weil er sich weigerte, mich zu entjungfern. Wenn ich ihn schon nicht heimbringen konnte, den Untermenschen, so wollte ich wenigstens ein Kind von ihm. Aber Fernando sagte, mein Körper sei noch nicht so weit. Er würde Psychiatrie studieren, um mich zu heilen. Das sagte er nicht so direkt. Psychiatrie war doch eine schreckliche Wissenschaft, von dem Juden Freud. Mehr wußte ich nicht.

Wie konnte er sich mit so etwas Kaltem abgeben. Die Seele zerpflücken, wie mit einem botanischen Besteck. Ich stellte mir ein gläsernes Gebäude vor, das die Psychiatrie war, mit Kanten, mit Leisten, durchsichtigen Würfeln in Karoformen, in denen Menschen untergebracht waren. Wo man Menschen anschaute wie Tiere und sie studierte.

Ich bekam vor Fernando Angst, wenn er so redete, über sich als künftigen Mediziner. Er erschien mir furchtbar kalt, und ich war erleichtert, wenn ich ihn lächerlich finden konnte.

Das konnte ich im Schwimmbad, ihn anschauen und mir vorsagen, wie lächerlich er war. Ich blickte, wenn er in seiner blauen Badehose neben mir lag, gespannt und gebannt auf die Wölbung seines Penis und der Hoden. Ich war fasziniert und angewidert. Ich griff nachts nur bis zu seinem Haaransatz am Bauch und nicht hinunter zum Geschlecht. Mir war es lieber, wenn er mich berührte, und eines Tages wusch ich mich nicht, um zu stinken, so wie meine Mutter das bekrittelt hatte: als Frau stinkt man leicht, und ich wollte sehen, ob er mich dann mit Verachtung aus seinem Bett hinauswarf. Als er mich aber immer noch nicht verachtete, verachtete ich ihn. Er hatte sich die Hände nach ausführlichem Betasten nicht gewaschen und mir nicht gesagt: wasch dich, sondern er stand nur auf und schüttete sich Kölnisch Wasser über die Hände.

Dann fiel mir ein, was meine Mutter gesagt hatte. Ich wußte nicht, ob ich ihn heiraten konnte, ob nicht noch ein Besserer kam.

Ich bin ein maniático, sagte Miguel Herreros, manisch. Er spreche sehr schnell, und mit mir sei er gezwungen, langsam zu sprechen, und deshalb sei ich für seine Nerven gut. Er erhole sich bei mir und werde ruhig. Er werde gesund neben mir.

Das war im nächsten Jahr, im Herbst, als er mich nicht zu Fernando gehen ließ, denn ich könnte Militärgeheimnisse verraten, zumindest sehe es so aus, denn er war in der Militärakademie, und die Braut eines Militärakademikers, die noch dazu Ausländerin sei, dürfe nicht mit anderen Menschen redend auf der Straße gesehen werden, schon gar nicht mit Ausländern.

Miguel, he pensado en suicidarme, sagte ich. Miguel, ich habe mir überlegt, daß ich mich umbringen werde.

Daraufhin redete er lange mit mir über den Selbstmord. Suicidio. Das sei etwas für Feiglinge, aber nicht für tapfere Menschen. Und er sprach von seinem Selbstmord, falls ich ihn verließe, und daß er die Kaserne mit Dynamit in die Luft sprengen würde. Er wisse, wo es sei, er brauche in der Kaserne nur in den Keller zu gehen, es zu holen. Er wisse auch, wie man die Kabel und die Drähte anbringe, um alles in die Luft zu jagen.

Es erinnerte mich an meine ältere Halbschwester, die einmal gedroht hatte, sie würde sich von einer Felswand stürzen, wenn ich weiterhin so weinte und zu müde sei zum Gehen. Sie zeigte mir die Wand, und deshalb glaubte ich ihr und gehorchte wieder.

Ich bin mit Drohungen sehr leicht einzuschüchtern, das hängt mir mein ganzes Leben nach. Ich habe immer wieder aus Angst Dinge getan, die ich nicht tun wollte.

Dann war noch etwas, mit seinem Namen: Herreros wie Herr Eros. Seine Liebe war für mich der Tod meines Bewußtseins.

Die Schranke

Er ist nicht in Madrid, sagte Miguel. Er ist nach England gefahren, arbeiten. Ich war bei ihm, habe ihm gesagt, daß du kommst, habe ihm deinen Brief gezeigt. Er hat einen Koffer auf dem Bett gehabt, war gerade beim Packen, und er hat gesagt, wenn er jetzt nicht fährt, dann verliert er die Arbeit. Ich habe eine Weile mit ihm geredet, habe gesagt: Sie kommt nach Madrid, sie weiß nicht, wo sie wohnen soll, machst du dir denn gar keine Sorgen um sie. Nein, hat er gesagt, sie kann ja nachkommen. Er hat mir seine Adresse gegeben, willst du sie?

Nein, sagte ich.

Miguel stellte mir seinen Freund vor. Das ist Eusebio, Eusebio Benezet. Seine Eltern wohnen in Madrid. Wir sind im selben Dorf aufgewachsen. Eusebio ist mehr als ein Freund, er ist wie ein Cousin, wie ein Bruder. Sagen wir, er ist mein Cousin.

Der Freund Miguels reichte mir die Hand.

Und da habe ich einen Brief, sagte Miguel, er ist von deiner Mutter, glaube ich. Sie hat mir geschrieben, aber ich verstehe nicht englisch, und Eusebio kann auch nicht englisch. Was schreibt mir deine Mutter? Hast du ihr meine Adresse gegeben?

Nein, sagte ich, meine Adresse bei dir habe ich ihr nur aufgeschrieben, damit sie weiß, wohin sie mir schreiben kann. Und damit sie sieht, daß ich nicht bei Fernando wohne, denn darum hat sie mich gebeten.

Lieber Miguel, stand da auf englisch, wenn sie ankommt, sag bitte, daß sie hübsch aussieht mit den kurzen Haaren. Sie war so unglücklich, als sie wegfuhr! Ein Friseur hat ihr das Haar verschnitten. Sag bitte, daß es ihr gut steht.

Diese meine Mutter. Ich genierte mich sehr. Schließlich war ich ja nicht gekommen, um Miguel zu gefallen. Sondern ich hatte mir das Haar erstens kurz schneiden lassen, weil ich es so kurz haben wollte, und zweitens wäre es besser gewesen, sie hätte an Fernando geschrieben. Aber meine Mutter zog Miguel vor, dessen Briefe sie kannte. Obwohl ich ihr sagte, daß er mir als Mann nicht gefiel, redete sie mir zu, ihn ernst zu nehmen, er schreibe so schöne Briefe. Ich hatte ihr den Anfang von Miguels erstem Brief übersetzt, vor einem Jahr, und sie war Feuer und Flamme gewesen.

Diesen Mann, sagte sie, so einen Mann mußt du einmal heiraten! Einen, der dir solche Briefe schreibt.

Die Briefe Miguels waren mit der Maschine getippt und sehr, sehr lang. Er beschrieb das Papier eng, und jeder Brief Miguels war ungefähr so lang wie ein großes Kapitel in einem Roman. Er erzählte von sich, vor allem von seinen Gedanken, die kompliziert waren. Er schrieb von Liebe, von Freundschaft, von Treue, von Eitelkeit, von Selbstbetrug, von Schicksal. Fernandos Briefe waren kurz. Freundlich, sachlich, regelmäßig und mit der Hand geschrieben, meist auf schönem Papier, während Miguel gewöhnliches Schreibmaschinenpapier verwendete. Das gewöhnte ich mir später an, lange Briefe zu schreiben wie er.

Eduardo wirst du nicht sehen. Er ist zurückgefahren nach Kolumbien.

Und Adalberto?

Der ist in Madrid. Er wird sich um dich kümmern, wenn ich nicht da bin. Mein Freund Eusebio und ich haben lange schon geplant, daß wir nach Malaga fahren. Ich habe Eusebio versprochen, daß wir dich nicht mitnehmen. Du kannst bei einer Freundin von mir wohnen, sie heißt Marisa, sie wartet auf uns, sie nimmt dich auf. Für die ersten vierzehn Tage zumindest. Später kommen wir zurück, oder du kommst zu uns nach Malaga. Schau dir mein Auto an, ich habe es von meinem Vater bekommen, sagte er, als wir aus der Autobusgarage gingen.

Fernando nicht in Madrid. Ich mußte es erst kapieren. Fernando fährt weg. Wartet nicht auf mich, sagt es mir nicht vorher, sondern fährt einfach weg. Ich konnte es nicht glauben.

Fernando nicht da, Eduardo fertig mit dem Studium und heimgefahren, Adalberto in Madrid, nur, was mache ich mit Adalberto allein? Es war so nett, voriges Jahr, alle zusammen, Miguel und Eduardo auf der Farm, Adalberto und Fernando in der Stadt. Ich konnte auswählen: auf der Farm zwei, in der Stadt zwei. Mit keinem hatte ich ein Verhältnis, alle vier waren meine Freunde. Adalberto nicht so sehr, er blieb reserviert, hatte Manieren wie ein älterer Herr, obwohl er ungefähr 22 war. Aber Fernando war eine Art Freund, auch Eduardo. Und Miguel sogar mein bester Freund. Dazu hatte er sich mir gegenüber erklärt, und seine Briefe waren in dem Jahr, das ich nach den Ferien in Spanien dann in Österreich verbrachte, die längsten gewesen. Sie fehlten mir, als er mir eine Zeitlang nicht schrieb. Dann bat ich ihn, mich doch nicht zu vergessen, mir wieder zu schreiben, und ihm und Fernando hatte ich meine baldige Ankunft in Spanien angekündigt.

Ich wußte nicht, wie der Sommer werden würde. Denn daß es eben nicht mehr so wie im Sommer 1967 war, begriff ich erst jetzt.

Aber Miguels Freund Eusebio war mir nicht unsympathisch.

Auch Miguel gefiel mir irgendwie, er wirkte fröhlich und sehr selbstsicher, sogar charmant, als er mit jener Marisa telefonierte. Ich hatte ihn noch nie so erlebt: flirtend. Irgendwie fand ich ihn anziehend, und irgendwie auch abstoßend. Ich war mir über Miguel nicht klar: Ist das ein Mann, ist das eine Frau? Er hatte die Manieren einer Dame, meistens, und dann wieder gebärdete er sich männlich. Er interessierte sich für mich, meine Kleidung, meine männlichen Bekannten, und er versicherte mir immer wieder, daß er der beste Freund sei, den ich je auf dieser Welt oder zumindest in diesem Land haben konnte. Natürlich war er ein Mann, das wußte ich, aber ernst nehmen konnte ich ihn nicht.

Er fuhr mit mir hinauf in das obere Stockwerk, in dem die Wohnung der Marisa Fierro Fernandez lag. Sie war eine zarte Frau, stark geschminkt um die Augen. Ihr Haar trug sie toupiert. Sie hatte sehr schmale Handgelenke, dünne Finger und war insgesamt so mager, daß es beinahe wie eine Krankheit aussah. Sie zeigte mir ein Zimmer, in dem sie und ich schlafen würden, bis ihre Schwester vom Urlaub zurückkomme, dann würden sie das Bett erst wieder brauchen.

Ich bedankte mich bei ihr, rief Adalberto an, verabredete mich mit ihm. Unser Wiedersehen war etwas steif. Er ging mit mir spazieren, wir aßen etwas miteinander, wir gingen ins Schwimmbad, aber es gab keinen Flirt. Im vergangenen Sommer hatte die Anwesenheit Fernandos uns dazu gebracht, einander Blicke zuzuwerfen, aber jetzt, ohne Fernando, gab es niemanden, der zwischen uns gestanden wäre. Ich fand es peinlich, neben einem jungen Herrn zu gehen, der mich wie eine Dame behandelte. Beinah hätten wir per Sie sein können, so ernst war er.

Marisa war mit ihrem Verlobten beschäftigt, der sie oft abholte. Sie nahmen mich zum Tanz mit, und ich bekämpfte meine Traurigkeit mit einem »Menocil« täglich.

Das hatte ich im Vorjahr nicht gebraucht. Aber danach in Wien. Ich weiß nicht, ob es wegen Fernando war.

Traurig wurde ich zum ersten Mal, trostlos traurig, als ich von ihm wegfuhr, vor zwei Jahren, in England. Ich fühlte, daß etwas versäumt war, irgend etwas Wichtiges.

Meine Mutter hatte mich beschworen, meinem Vater nichts von Fernando zu erzählen, auf keinen Fall, daß ich verliebt sei. Er würde sonst böse werden.

Aber ich erzählte dann doch. Und er hörte es ruhig an. Er war nicht böse und riet mir nur, die Schule fertig zu machen.

Meine Mutter gab mir »Preludin«, wenn ich lernen sollte und nicht wollte, und so schaffte ich die Matura mit vielen Aufputschtabletten. In Spanien brauchte ich keine, dort aß ich viel, lernte ein wenig singen, südamerikanische Folklore, und die Sprache.

Als ich in Wien war, »warf« ich jeden Morgen zum Frühstück eine Tablette »ein«.

Ich kämpfte mich durchs erste Semester, dann durch ein zweites in einer anderen Richtung, bekam Briefe, von Fernando, vor allem aber von Miguel.

Nun brauchte ich wieder diese Tabletten, sie halfen mir. Ich schluckte »Nicohepatocin«, etwas, was meine Mutter mir ebenfalls mitgegeben hatte, ein Präparat, von dem man Durchfall bekam. Da könne man essen, ohne zuzunehmen. Schlank sein war mir wichtig.

Ich bat Marisa, mit Miguel zu sprechen, wenn er wieder anrief. Ich wollte zu ihm nach Malaga. Mit Adalberto langweilte ich mich sehr, und wenn ich daheim erzählen konnte, in Malaga gewesen zu sein, würde die Reise wenigstens einen Sinn gehabt haben.

Adalberto brachte mich zum Zug. Es war ein anderer Abschied als voriges Jahr, als Fernando mich heftig küßte, Adalberto in einiger Entfernung stand und wegschaute.

Ich saß im Schnellzug Richtung Süden, es war kühl im Abteil, ein moderner Zug, und nach vielen Stunden stand der Zug in einem Bahnhof, dort war Miguel, und nun würde mein Leben etwas leichter werden.

Wir fuhren nach Torremolinos, blieben in einer Kutsche vor dem Haus stehen, in dem Picasso geboren war. Eine Gedenktafel hing dort, und Miguel sang weiter sein Lied.

Ich bat ihn: Kannst du nicht ein bißchen still sein, jetzt, wo wir dieses Haus anschauen?

Sie hat recht, sie hat recht, sagten sie.

Dann erklärten Miguel und Eusebio mir, daß das Verhältnis der meisten Spanier zu Picasso problematisch sei, denn er sei der berühmteste Maler Spaniens und der Welt, aber er lebe im Ausland. Die Spanier seien deshalb nicht gut auf ihn zu sprechen, auch verstünden sie seine Werke nicht.

Aber du, du bist kultiviert, sagten sie, du kennst ja das alles, dir braucht man nichts zu erzählen.

Wenn sie im Auto fuhren, riefen sie den Mädchen Komplimente nach: hola, guapa, und ich rief, als ich einen jungen Mann sah: hola, guapo.

Sie wirkten etwas betreten, aber dann fanden sie es originell.

Ich zog eine von Miguels Hosen an, saß neben ihm,

wenn er lenkte, Eusebio hinter uns, und auf einmal wünschte ich mir, ein Glied zu haben. Alles wäre viel einfacher, dachte ich, wenn ich ein Glied hätte, so wie sie, das trage ich in der Hose, und manchmal schiebe ich es einem Mädchen hinein, und ich brauche nicht entjungfert zu werden.

Denn daß etwas auf mich zukam, wenn ich es geschehen ließ, wußte ich, aber noch schlimmer erschien es mir, ewig eine Jungfrau zu bleiben.

Es ist einmal eine Schranke gewesen. Da fuhr ein Zug, aber er kam noch nicht. Es könnte eine Schranke in irgendeinem Land sein, aber es war in Spanien, zufällig, es hätte auch in einem südamerikanischen Land sein können, eben irgendein Land auf der Welt, in dem es die katholische Religion gibt.

Die Veränderung von mir, wie ich war, zu einem Ich, das ich dann zu sein glaubte, sein zu müssen glaubte, fand in dem Moment statt, in dem ich nicht Nein! sagte.

Nein, ich liebe dich nicht, Miguel. Ich liebe dich nicht. Ich liebe keinen von euch. Weder dich noch Eusebio.

Aber ich wagte es nicht zu sagen, weil ich ihm ausgeliefert war, nein, weil ich mit ihm Mitleid hatte, plötzlich, und weil ich vor Mitleid nun nicht mehr wußte, ob es überhaupt Mitleid war oder Scham, sexuelle Scham, weil ich seinen Freund Eusebio mit sogenannten Liebesbissen übersät hatte, am Arm, auf der Schulter, auf der Brust, am Hals, überall hatte ich hingebissen und mich festgesogen. Um ihn zu verführen, ihn dazu zu bringen, daß er mich entjungferte. Aber er war nur steif dagesessen, verlegen.

Ich konnte das nicht begreifen, warum ein Mann nicht auf mich reagierte, wenn ich doch anfing, und dann öffnete sich die Tür, und Miguel stand da.

Was macht ihr, fragte er.

Nichts, sagte Eusebio. Dann ging er hinaus.

Erst, als auch ich draußen war, im helleren Zimmer, sah ich die vielen Knutschflecken.

Wie lächerlich war Eusebio. Jetzt saß er da. Von mir – beschmutzt.

Nun weiß ich, wen du liebst, hatte Miguel gesagt, bei der Bahnschranke, wo wir so lange warten mußten. Bis endlich der Zug vorbeifuhr.

Du liebst mich.

Es war so peinlich. Wie konnte er das glauben? Ich mußte ihn in dem Glauben lassen. Er war verrückt. Oder war er es nicht?

Ich hoffte, nach den Ferien würde es mir leichterfallen, ihm zu schreiben, daß ich ihn nicht liebte.

Aber dann kam der Zug. Und wir fuhren weiter.

Wir gingen in ein Geschäft, wo er einkaufte. Und ich tat so, als sei ich seine Braut.

Das sollten die Leute glauben. Mir war nicht wohl. Aber ich hatte das schon einmal gemacht, in England, wo ich beinah entjungfert worden wäre, von Rex Delaforce.

Ich habe die Seele ganz schwarz, sagte er, ich habe el alma negra, und du bist weiß, und also werden wir zusammen grau sein.

Wir werden grau, ganz grau, oder du wirst grau, denn ich färbe dich mit Schwarz.

Vielleicht werde ich einmal eine interessante Persönlichkeit in einem Roman von dir, sagte er. Ich werde mich jedenfalls sehr darum bemühen. Du wirst dich wundern. Mir wird vieles einfallen, was du dir nicht ausdenken kannst, denn du kennst die Welt nicht, die Menschen nicht, wie schlecht sie sind. Mich wirst du kennenlernen, sagte er. Denn ich habe mich deiner bemächtigt, ohne daß du es bemerkt hast. Du liebst mich nicht, in Wirklichkeit. Aber das weißt du nicht.

Ich saß neben ihm, sprachlos und auch gehörlos.

Denn er sagte: Besser hältst du dir die Ohren zu, damit du mich nicht reden hörst, denn siehe, du meinst es gut mit mir, aber ich bin ein Teufel. Oder hast du nicht gewußt, daß du dich mit Miguel eingelassen hast, mit dem Teufel persönlich, in Menschengestalt? Ich gehöre nämlich einem Kreis an, einem Zauberkreis, und ich bin von einem Zirkel, von dessen Existenz du dir keine Vorstellung machst. Wir gehören alle zusammen, die, die du kennengelernt hast, meine Kollegen, Studienkollegen, ein wahres Wort, ich gebe dir mein Wort, schau, ich sage dir die ganze Wahrheit, damit du eine Chance hast. Aber siehst du, du verstehst mich nicht. Du hörst mich, aber du verstehst nicht. Das ist angenehm, da kann ich weiterreden, bis in alle Ewigkeit. Denn ich liebe das Ewige, schau, ich glaube an Gott, und dann sehen wir einmal, was herauskommt.

Ich bin kein SS-Mann wie dein Vater, sagte er, aber ich habe eine Waffe, die ist sehr mächtig, und das ist meine Zunge. Mit meiner Zunge besiege ich viele. Ich stelle mich hin und rede und rede, und ich höre nicht auf zu reden, bis ich sie alle überstimmt habe, und die Leute wissen dann nicht mehr, was sie denken, wenn ich sie einmal in der Gewalt habe, denn ich bin ein locutor, ein Sprecher, und der war ich schon in der Schule, der locutor del colegio, der Sprecher der Klasse, der Schulsprecher, und ich habe alle überzeugt, denn entweder man hat es, oder man hat es nicht, dieses Geschenk, das das Wort ist, und es ist von Gott, nicht wahr, das glaubst du doch. Die Worte, die gibt Gott den Menschen ein, oder wer mag es sein, vielleicht bin ich ein Teufel, ich weiß es selber nicht, aber ich muß reden, reden, sonst werde ich wahnsinnig.

Ich bin ein nervöser Typ, sagte er, und sehr sensibel. Auch empfänglich für vieles, und ich liebe die Natur, so wie du, und ich glaube auch, so wie du, daß Gott den Menschen erschaffen hat, oder glaubst du nicht an Gott? Und an die Affen glaube ich, daß Gott natürlich auch die Affen erschaffen hat, oder was soll ich glauben, schau, ich bin doch nur ein Spaßvogel, Miguel, der Spaßmacher. Und ich bin Darwinist, ich habe Experimente gemacht mit Tieren, weißt du, was das ist, die Vivisektion? Das lernen wir auf der Hochschule. Da können wir uns austoben. Ich bin nämlich auch Miguel, der Sadist, und nicht nur dein Freund, sondern ich werde auch dein Feind sein, wenn du willst, außer, du beugst dich mir.

Ich setze dir die Nadeln an, schau, und ich gebe dir Spritzen, nennen wir sie Infusionen, aber Wort-Infusionen, damit du die Sprache lernst, möglichst schnell, und je mehr ich rede, um so mehr wirst du begreifen, vielleicht nicht von mir, denn ich begreife mich selber nicht, yo no me capto a mí mismo, aber vielleicht urteilst dann du, ob ich verrückt bin, oder was mit mir ist. Schau, ich liebe dich so verzweifelt, ich kann dich nicht mehr auslassen. Ich halte dich fest in meiner Hand, denn ich brauche dich, ich werde dich präsentieren. Allen stelle ich dich als meine Braut vor. Ist dir das recht? Sag, bitte, daß dir das recht ist. Ich habe es so gern, wenn du nickst, und wenn du ja sagst zu allem. Sag: Miguel, ich bin deine Sklavin. Sklavin, Sklavin, hörst du. Du kennst vielleicht dieses Wort. Es kommt aus dem Lateinischen. Sag es: Miguel, ich werde dir dienen. Deine Sklavin bin ich und will nichts anderes sein. Das höre ich so gern.

Und er sprach ihr vor, und sie sprach es nach. Jene Frau war ich. Ich wußte nicht, worauf ich mich einließ. Es tanzte alles in mir hin und her, schon weil er es so gesagt hatte.

Yo bailaré en ti misma, angel y diablo, sol y luna. Sonne und Mond, Engel und Teufel, so werde ich in dir tanzen, sagte er.

Er sprach immer weiter, fuhr immer schneller, bis wir wieder an ein Ziel gelangt waren, irgendeine Dorfschenke, die noch offen hatte, dort kaufte er mir etwas zu essen und zu trinken, und ich saß dort, stolz, in Spanien nicht allein zu sein, obwohl Fernando nach England gefahren war, ohne mich, aber nun hatte ich einen Mann als Begleiter und Beschützer.

Er schob ein Glas vor mir hin und her, langsam, und er sagte: Schau auf das Glas, vielleicht siehst du etwas.

Er ließ seinen Ring, den er vom Finger nahm, vor mir tanzen, und er betäubte mich halb.

Ich war müde, und er sagte viele grobe Dinge, und freundliche, wild durcheinander, und ich wurde so müde, daß er mich dann tröstete. Ja, schlaf ein, du bist ja schon so müde.

Dann redete er mich noch in den Schlaf.

Du bist eine Träumerin und hast keinen Sinn für die Wirklichkeit. Schau, die Wirklichkeit ist, daß ich dich brauche. Niemand braucht dich wie ich. Ist dir das klar? Das muß immer klar bleiben. Ich brauche dich, und ich vereinige mich mit dir körperlich, und mit dem Geist bin ich abwesend, aber das merkst du nicht, denn du hast ja noch nie, wie du sagst, einen Mann gehabt. Und wenn du mich angelogen hast, weil du entjungfert warst? Ich war nicht der erste, also gestehe mir, mit wem hast du geschlafen, wer hat dich entjungfert, war es Fernando?

Wirklich hatte ich kein Blut verloren. Es wunderte mich nicht, da ich noch nie mit einem Mann geschlafen hatte, en efecto, wie er das nannte, tatsächlich. En efecto sagte er oft, das kam mir bekannt vor, effektiv, das hieß wirklich oder vielleicht sogar richtig, ich war ja nicht sehr gebildet, ich vergaß auch vieles wieder, was man in der Schule lernte, ich war immer in Träumen, ich wollte Schriftstellerin werden, und ich wollte Schauspielerin sein und Sängerin, mir gefielen alle Künste, außer dem Malen, und da kam er auf die Idee, mich zur Malerei zu inspirieren, mich hinzutreiben, zu locken, du bist begabt, du mußt das tun.

Und ich malte, weil ich so eine Möglichkeit sah, von zu Hause fortzugehen und auch nicht mehr in dem kalten Wien sein zu müssen, und so zog ich nach Spanien. Auch mit der Hoffnung, dort Fernando zu sehen, auf einem Barhocker.

Ich stellte mir immer hohe Hocker vor, große, hohe Hocker. Dort würden wir sitzen an den Nachmittagen, in einer Bar in Madrid, und die Studenten würden dort sein, Hernan und die anderen Freunde. Ich wollte unter Männern sein, dann fühlte ich mich umworben. Mir gefiel es, die einzige wichtige zu sein unter allen Frauen, es gefiel mir so gut, ich wollte das immer haben.

Miguel war nackt, schön und nackt. Ich fand ihn jetzt wirklich schön. So ein schlanker Körper. So ein großes Glied. Ich war neugierig. Was werde ich fühlen, wenn es in mir ist.

Aber dann fühlte ich gar nichts. Es rann der Saft

aus mir, mein eigener Saft, und ich hatte kein Gefühl. Nicht einmal seinen Penis konnte ich spüren. Ich sah nur ihn, sein Gesicht, wie es plötzlich schön wurde, wenn er wieder ay, ay, ay rief, ach, ist das eine Herrlichkeit, una delicia, ich bin im Himmel, rief er, im Himmel, estoy en el cielo, und er sagte, er könne das Licht sehen, das Himmelslicht, und alle Sterne, und ein Orgasmus sei das Wunderbarste, und warum ich keinen Orgasmus hätte mit ihm, denn das Schönste sei doch der gemeinsame Orgasmus, el orgasmo simultaneo, ob ich das nicht wüßte, und wieder sagte ich: Ja, das habe ich gelesen, aber ich kann ihn nicht fühlen, ich weiß nicht, wie das geht, ich kenne so etwas nicht.

Hast du nie masturbiert, fragte er.

Nein. Ich weiß nicht. Was ist das?

Onanieren. Selber machen. Die Lust.

Nein.

Er muß mir geglaubt haben. Er sagte: Verdammt, was für ein Kind, die weiß nicht, was das ist, Lust. Concupiscencia, sagte er. Bist du nie lüstern gewesen? Wollüstig.

Nein, sagte ich, ich kenne das nicht, ich weiß nicht, ich habe immer nur geküßt, aber sonst nichts.

Vom Küssen rede ich nicht. Von der Lust.

Ich kenne keine Lust. Ich kenne nur das Küssen.

Aber du mußt doch, wenn du geküßt hast, Lust gefühlt haben.

Ja, aber nur im Mund. Im Mund die Lust. Das ist, wie wenn ich ein Eis schlecke. So gut und so süß.

Und sonst keine Lust? Möchtest du mir den Penis lecken? Gefällt dir das?

Ich fing an. Natürlich machte mich das neugierig. So ein Ding, zuerst ganz weich und klein, dann so groß und hart. Wie ein Turm sah er aus, ein Turm mit einer seltsamen Kuppel.

Er schaut aus wie eine Kirche, sagte ich. Schau, mit dem Dach da drauf.

Na, du spinnst aber.

Und mit einem Mund, sagte ich. Schau, da ist ein Kopf, wie von einem Fisch, der keine Augen hat. Der sieht nichts, dieser Fisch, aber ein Mäulchen hat er.

Wie kommst du denn auf Fisch?

Naja, die Burschen bei uns daheim, die sagen immer, daß wir Mädchen nach Fisch riechen, und dann machen sie Witze, daß es fischelt, wie auf einem Fischmarkt. Die sind sehr obszön, die machen so böse Scherze, daß ich mich deshalb in Spanien entjungfern lassen wollte, wo die Liebe schöner ist, das merkt man ja an den Liedern, und von Fernando wollte ich mich entjungfern lassen, eigentlich, oder von Eusebio, aber nicht von dir.

Seine weiße Haut. Er fragte: Gefällt sie dir.

Ja, sagte ich.

Sie war kühl, seine Haut, dann fingen wir an zu schwitzen. Es rann mir der Schweiß, ihm der Schweiß, wir wurden ganz naß, und ich spürte noch immer nichts, aber es kam mir vor wie im Kino. Auf einer Leinwand, ein Star, er, Miguel, mein Liebhaber, und ich wollte wie Simone Signoret sein in dem Film *Das Narrenschiff*, als Oskar Werner zu ihr kommt, der Schiffsarzt, und auf einem Schiff bin ich damals auch gewesen, oder nein, nur ein Narr, denn er hielt mich zum Narren, und ich merkte es nicht.

Ich konnte nichts empfinden, wieder nicht, aber ich mochte ihn immer mehr, wenn er sich mir näherte. Dann sperrte er mich in ein Zimmer in einem Dorf, in einer Pension, drehte den Schlüssel herum, von außen, kam am nächsten Tag wieder.

Ich lag ohne Uhr in einem Bett.

Er hatte mir meine Uhr abgenommen, die brauche er, seine sei kaputt, und meinen Paß, den würde er für mich aufbewahren, und ich solle nun an ihn denken und schön träumen, niemand dürfe wissen, daß wir miteinander geschlafen hatten, denn nun sei ich seine Braut, und eine Braut müsse Jungfrau sein, sonst würden später die Menschen von unseren Kindern sagen, daß sie die Söhne und die Tochter einer Hure sind, denn er wolle zwei Söhne und eine Tochter.

Du bist für mich geboren, sagte er. Als du zur Welt kamst, brach die Form. So eine Frau wie dich gibt es kein zweites Mal.

Ich fühlte mich geschmeichelt.

Ich bin kein Spanier, ich bin ein Europäer. Ich bin liberal und fortschrittlich, leider 100 Jahre zu früh zur Welt gekommen in diesem rückständigen Land. Früher haben hier die Mauren gelebt, das spürt man bis heute.

Ich bin nicht eifersüchtig, merk dir das für immer, bitte, nur sehr vorsichtig. Man darf niemandem trauen, man muß 100 Augen haben, und ich traue nicht einmal meinem Vater. Das ist ein spanisches Sprichwort: Traue nicht einmal deinem Vater! Die Welt ist schlecht! Die Menschen stecken voll böser Absichten.

Ich hatte das alles nicht gewußt und ließ mich belehren.

Liebe mich, bitte, liebe mich. Ich bin ein guter Mensch, und ich bitte dich, daß du mich liebst.

Er bat mich, ihm über Eusebio und mich zu erzählen.

Es war nichts, sagte ich, nichts war, außer daß wir uns geküßt haben.

Ja, und? Wie hat er dich geküßt?

Seine Zähne stehen so weit vor, daß sie beim Küssen stören!

Und was habt ihr noch gemacht?

Nichts.

Eusebio war voller Lutschflecken, als ich vom Baden ins Chalet zurückgekommen bin.

Die habe ich ihm gemacht, um ihn anzufeuern. Oder um seine vorstehenden Zähne nicht zu spüren, ich weiß nicht!

Und was war noch?

Nichts sonst!

Was war in der Nacht?

Da hat er mit mir schlafen wollen, aber er war impotent.

Und was habt ihr gemacht?

Nichts!

Irgend etwas müßt ihr doch gemacht haben?

Hör einmal, Miguel, das geht doch nur ihn und

mich etwas an! Außerdem möchte ich es gerne vergessen.

Aber er vergißt es nicht! Eines Tages kommt er und sagt: Deine Frau hat mit mir das und das gemacht. Dann muß ich ihm Kontra geben können! Stell dir vor, ich sitze in einer Gesellschaft von, sagen wir, 20 Leuten, und plötzlich steht Eusebio auf und schlägt mit der Gabel an ein Weinglas und verkündet, daß er über dich etwas zu berichten hat. Da muß ich doch auch aufstehen können und die Wahrheit wissen und sagen können: Meine Herren, es war nicht so.

Also, er hat mir sein Glied in die Hand gelegt. Und?

Ich habe es gespürt und habe nichts gemacht.

Gar nichts?

Überhaupt nichts!

Und die ganze Nacht seid ihr so gelegen, du mit dem Glied von Eusebio in der Hand, er ohne Erektion? Willst du das wirklich behaupten?

Er hat gesagt, ich soll entschuldigen, daß er nervös ist.

Und?

Er hat geschwitzt.

Und?

Mehr weiß ich nicht mehr. Ich bin dann eingeschlafen.

Wann dann?

Irgendwann. Ich weiß es nicht mehr. Es hat mich nicht interessiert, ob er nervös ist oder nicht.

Aber am nächsten Tag, als ich den Witz mit dem Kondom gemacht habe, da hast du dich sehr überlegen und arrogant benommen und verschwörerisch Eusebio angeschaut.

Das war Theater.

Ein Theater, wozu?

Ich wollte mir das selbst vorspielen, daß ich jetzt eine Frau bin, nach einer wunderbaren Nacht. Warum hätte ich dir erzählen sollen, daß überhaupt nichts stattgefunden hat?

Aber du hast dann später zu mir gesagt, daß du Eusebio nicht liebst.

Warum soll ich das nicht sagen? Es war ja wahr, ich habe ihn nicht geliebt.

Und mich?

Das weiß ich nicht. Das warst ja du, der dann gesagt hat: Jetzt weiß ich, wen du liebst, Brigitte, du liebst mich.

Und, ist es wahr?

Jetzt vielleicht schon. Ich weiß es nicht! Was ist denn Liebe?

Die Reise nach Valencia

Am Cibeles-Brunnen in der Nähe des Hauptpostamts von Madrid saßen wir um zehn Uhr abends, und wir unterhielten uns darüber, daß ich nun nach Wien zurückfahren würde, für ein Jahr, und im nächsten Jahr im Sommer wiederkommen.

Dann trage ich eine Mütze und eine Uniform, sagte er, und alle werden mich grüßen. Ich gehe zum Militär.

Und ich werde in Wien versuchen, einen Mann zu finden, der mir gefällt, sagte ich.

Warum denn? Du hast doch jetzt mich!

Aber ich muß doch auch andere Männer ausprobieren!

Das darfst du nicht. Dann rühre ich dich nicht mehr an.

Ich muß aber Erfahrungen sammeln. Ich habe dir doch gesagt, ich möchte mich oft verlieben.

Dann verlierst du mich.

Ich will aber meine Freiheit und mein Leben.

Wenn du mich liebst, darfst du mit keinem anderen Mann mehr schlafen.

Und küssen auch nicht?

Auch nicht küssen.

Er blickte sehr ernst, und das gefiel mir. Also gut, sagte ich, nachdem ich überlegt hatte. Gut, ich will versuchen, dir treu zu bleiben.

Das war etwas ganz Neues. Gespräche über die Treue hatte ich noch nie im Kino gehört oder in einem Roman gelesen. Es schien irgendwie selbstverständlich zu sein, daß eine Frau entweder treu oder nicht treu war.

Am liebsten wäre es mir, wenn du hier wärst, sagte er. Wenn ich beim Militär bin, kannst du mich in der Kaserne besuchen. Und nachher heiraten wir. Ich kann Spanien nicht verlassen. Ich bekomme keinen Reisepaß, wenn ich nicht zum Militär gehe. Ich kann zwei Jahre normalen Dienst machen, als Rekrut und Soldat, oder die neun Monate auf der Militärakademie, die nur für Hochschulabsolventen ist. Ich habe mich für die neun Monate entschieden, gesetzt den Fall, daß sie mich aufnehmen, weil ich dann Reserveoffizier bin und Vergünstigungen habe. Wenn ich die zwei Jahre normalen Dienst mache, werde ich nur geschunden und bin nachher nichts. Als Militärakademiker steigt man sofort auf, und das Militär hat es gut in Spanien. Man hat eine sichere Laufbahn, man kann Reserveoffizier sein und daneben seinen Beruf ausüben. Wenn du mich heiratest, wirst du Frau Hauptmann.

Ich will aber gar nicht Frau Hauptmann sein.

Und Frau General. Und eines Tages bin ich Franco. Ja! Ich werde seinen Platz einnehmen. Das weiß ich sicher. Ich bin geboren, um zu regieren. Ich bin geboren, um zu befehlen. Ich habe schon als Kind die Angelegenheiten meiner Mutter ins reine bringen müssen. Ich mußte immer vermitteln zwischen meinen Verwandten. Zwischen denen des Vaters und der Mutter. Ich bin der geborene Diplomat. Du wirst sehen, ich werde Karriere machen, und dann wirst du es bereuen, daß du mir untreu warst und daß ich dich verlassen habe.

Ich sah »Franco« auf Staatsbesuch: Wir leben in Spanien, fliegen aber oft nach Österreich. Ich bin Frau Franco, eine Dame, reiche den Männern die Hand, steige ins Flugzeug, winke auf der Treppe, bin im Fernsehen, meine Eltern sehen mich, und das Reisen kostet uns nichts. Es gibt keine Grenzen mehr zwischen Spanien und Österreich, weil Miguel und ich immer eingeladen sein werden auf Staatsbesuchen in ganz Europa.

Ich bin dir treu.

Das hoffe ich. Wenn du nicht treu bist, hast du mich verloren. Alles darf ein Mann, nur eines nicht: zulassen, daß ihn seine Frau betrügt. Es ist besser, das Herz zu verlieren als den Verstand.

Das hat Fernando auch gesagt.

Ja, aber Fernando hat dich nicht geliebt.

Woher weißt du das?

Wenn er dich geliebt hätte, wäre er in Spanien geblieben.

Er hat mich geliebt! Er hat an seine Mutter geschrieben, daß er mich heiraten möchte.

Wie hat er denn deinen Hintern genannt? Culo?

Nalgas.

Aha, dann hat er dich geliebt. Wenn er nalgas, Gesäß, gesagt hat, dann hat er dich wahrscheinlich geliebt. Aber nicht wie ich. Ich liebe dich mehr als mein Leben und mehr als die Luft, die ich atme. Ich liebe dich mehr als meine Mutter, meinen Vater, meine

Schwester und meinen Bruder. Ich möchte mit dir zu meiner Mutter fahren. Sie ist eine Heilige. Wenn sie dich nicht will, hat sie ihren Sohn verloren. Es ist möglich, daß sie uns nicht in die Wohnung läßt. Dann gehe ich für immer, und sie wird mich nie wieder in ihrem Leben sehen.

Es war eine lange Reise bis Valencia. Wir fuhren an Hügeln vorbei, die dunkelbraun und rötlich waren. Ich wünschte mir, malen zu können oder in Farbe zu fotografieren. Er sagte, es sei keine Zeit, stehenzubleiben. Seine Mutter wisse nicht, daß wir kämen, und er wolle sie heute abend noch überraschen.

Valencia war von Madrid Hunderte Kilometer entfernt.

Valencia ist eine berühmte Stadt. Du kennst das Lied? Valencia, Valencia ... Er sang wieder. Er sang mir die Worte vor, ich lernte wieder etwas Neues. Valencia ist eigentlich ein Dorf. Ein großes. Wir dürfen dort niemandem erzählen, daß wir miteinander schon so viele Dinge machen. Benimm dich so, als wärst du schüchtern. Meine Mutter braucht eine Schwiegertochter, die dezent ist. Rede nichts, hör nur zu, und wenn du etwas nicht verstehst, was meine Familie sagt, dann fragst du immer nur mich, und auf französisch. Dann hören sie, daß du Sprachen sprichst. Dort kann niemand Französisch, nur ich. Bei meinem Cousin mußt du aufpassen, er versteht ein wenig Französisch. Meine Mutter liebt Österreich. Sie hat auf einem Kalender ein Bild gehabt von eurem höchsten Berg. Sie hat immer zu mir gesagt, einmal möchte sie Österreich sehen. Sie liebt österreichische Musik. Schubert und Mozart. Sie spielt Klavier. Besser als du. Mit ihr wirst du dich gut verstehen, wenn ihr über Österreich redet. Du mußt zu ihr sagen, daß du katholisch bist und daß dir Spanien gut gefällt. Du wirst sagen: Yo soy católica apostólica romana. Und nebenbei kannst du einstreuen, daß du an Gott glaubst und sehr, sehr katholisch bist, und daß du in Österreich immer zur Messe gehst, aber in Spanien nicht warst, weil du hier nichts verstehst. Einverstanden?

Das sage ich nicht, weil ich nicht lügen werde.

Aber eine Mutter will angelogen werden. Weißt du das nicht? Wenn meine Mutter mich fragt: Mein Sohn, warst du in der Messe, dann sage ich: Ja, viermal, Mama. Und sie weiß, daß es nicht wahr ist, aber dann sieht sie, daß ich ihr eine Freude machen will. Man muß zu einer Mutter diplomatisch sein. Bist du nie diplomatisch mit deinem Vater?

Ich lüge meine Mutter nie an.

Und deinen Vater?

Manches sagen wir ihm nicht. Aber ihn lüge ich eigentlich auch nicht an.

Und was sagt ihr eurem Vater nicht?

Na ja, wenn meine Mutter etwas kauft, was er nicht wissen darf.

Ich erklärte es ihm. Daß mein Vater spare, meine Mutter aber nicht so.

Deine Mutter handelt unrecht, wenn sie ihren Mann belügt. Er verdient. Und sie darf ihren Mann nicht anlügen.

Er fuhr mit dem Auto rechts ran, ließ mich raus, bestellte in einer bescheidenen Bar etwas zu essen, und wir standen an der Theke. Dann fuhren wir weiter.

Er sang wieder: Valencia, deine Frauen ... Und dann sagte er: Wenn meine Mutter nicht will, daß wir sie besuchen, werde ich ihr mitteilen, daß meine Bindung an die Verwandten zu Ende ist. Dann gehen wir in ein Hotel und fahren morgen nach Madrid zurück. Dann besuche ich meine Mutter und meine übrige Familie nie wieder. Denn du bist mir wichtig, und wenn sie dich nicht akzeptiert, braucht sie mich nicht mehr zu sehen. Ich liebe meine Mutter, aber ich werde dich vorstellen als meine künftige Frau. Und du schweigst und sagst nur etwas, wenn sie dich fragt. Du antwortest auf französisch, und ich übersetze. Gut?

Gut.

Bien. Ich war wieder stolz, schon so viel sprechen zu können und nun auch so viel zu wissen und von ihm ins Vertrauen gezogen worden zu sein.

Der Himmel war eintönig blau. Miguel zeigte mir die Olivenbäume. Helle Felsen links von der Straße.

Ich möchte sterben, Miguel, sagte ich.

Er fuhr mit 90 Stundenkilometern.

Nicht so schnell, bat ich.

Wieso? Wenn du sterben möchtest?

Er raste dahin.

Miguel, ich will nicht heiraten, sagte ich.

Aber mein Bruder Alberto hat uns einen Eiskasten versprochen! Er hat ihn schon ausgesucht. Er hat so eine Freude, daß er uns einen Eiskasten schenken darf. Was soll er denn mit dem Eiskasten tun, wenn wir nicht heiraten?

Ich will wirklich nicht heiraten. Mir ist es ernst.
Darüber reden wir später.

Wir fuhren auf der Straße Richtung Valencia, und ich dachte: Ich sage es ihm, dann habe ich es hinter mir.

Miguel, ich glaube, ich bin lesbisch. Ich kann dich nicht heiraten.

Das macht nichts, wenn du das glaubst. Das glauben viele. Ich habe auch geglaubt, daß ich homosexuell bin. Aber seit ich Marisa gehabt habe und jetzt dich, weiß ich, daß es nicht wahr ist.

Aber ich bin lesbisch! Wirklich: Ich liebe nur Frauen.

Das vergeht. Du wirst sehen, wenn wir öfter miteinander schlafen, wirst du dich an mich gewöhnen. Dann wirst du mich begehren, und du wirst nur mich wollen, und du wirst Orgasmen haben wie Marisa, unzählige Orgasmen, du wirst es erleben. Den Tag, an dem du deinen ersten Orgasmus erlebst, werden wir den Tag X nennen.

Ich fand es bequem, mich von nun an darauf zu verlassen, daß er recht hatte. Es war angenehm, neben einem Mann, dem ich alles sagen konnte, im Auto zu sitzen. Er fuhr gut, und ich bewunderte ihn.

Wir kamen, als es schon dunkel war, in Valencia an. Wir hatten uns unterhalten und gesungen. Nie war mir langweilig.

Das einzige, was ich von Valencia sah, waren wunderbare Wasserfontänen in marillen- und gelbfarbenem, rosarotem und andersfarbigem Licht.

Das sei der Brunnen, erklärte er, ein Wahrzeichen.

Seine Mutter empfing uns in einem Salon mit steinernem Fußboden.

Ach, mein Sohn, sagte sie. Sie war sehr breit. Weiße Hände, rot bemalte Fingernägel, rot bemalte Lippen, tiefe Augenschatten. Ein leidendes Gesicht mit einer ausgeprägten, etwas abwärts gebogenen Nase. Große, dunkle Augen.

Ich wollte sehen, wie heilig sie war, und während Miguel und sie sich miteinander über mich unterhielten, in erregtem Ton, zeichnete ich die Dame.

Wir schliefen in einem Hotel, Miguels Schwester und ich, in einem Ehebett, und am nächsten Tag machten wir Verwandtenbesuche. Als Miguel sich mit seiner Tante Herminia darüber unterhielt, daß er mich heiraten würde, wurde im Fernsehen ein Bericht gesendet über die Invasion sowjetischer Armeen in der Tschechoslowakei.

Sie marschieren nicht nach Österreich, tröstete mich Herminia.

Ich nahm mir vor, eine brave Braut zu sein. In Valencia strickte ich einen Pullover für Miguel, aus brauner Wolle. So vergingen die Wochen rascher bis zur Fahrt nach Österreich. Ich brauchte, wenn ich mich über den Pullover hermachte, keinen Kalender. Im Gegenteil, nun mußte ich mich beeilen, ihn fertigzubekommen im Wettlauf mit der Zeit. Was vorher unendlich lang schien, die vielen Tage und Nächte, die ich mit der Familie Herreros Lopez verbringen mußte, kam mir jetzt kurz vor, wie eine Herausforderung.

Ich hatte keinen Beruf, kein Geld, kein Studium, nur eine Beschäftigung, die mich nicht wirklich freute, Zeichnen und Malen, keine Familie, außer diesen Leuten hier, und sie stritten, schrien, ganz anders als die Familie bei uns daheim, in der selten ein lautes Wort fiel.

Doña Gregoria, Miguels Mutter, erzählte mir aus ihrem Leben. Über Herreros, der brutal war, über seine Geliebte, die Hure Carmen, über ihre Mutter, der sie versprochen hatte, immer fromm zu bleiben und jeden Tag einen Rosenkranz für sie zu beten, über ihren Großvater, den die Roten in den Bauch getreten hatten, vor ihren Augen, und wie vornehm sie früher gewesen waren. Ihre Hochzeit in Saragossa, und daß Herreros blütenweiße Hemden trug und einmal das Hemd auszog, ohne die Knöpfe aufzumachen, es sich einfach herunterriß vom Körper, weil es schlecht gebügelt war.

Da hättest du sehen sollen, wie die Knöpfe weggesprungen sind! Lauter kleine Knöpfe, die habe ich nachher alle schön wieder angenäht! Ach, mein Kind, ich sage dir, die Herreros haben ein Temperament! Und so ungebildet war mein Mann! Er hat nicht einmal gewußt, von wem die Zarzuelas sind, wenn wir ins Theater gegangen sind. Nur das Geld hat ihn interessiert, und die Leute haben gesagt, er hat mich wegen des Geldes geheiratet. Aber das ist nicht wahr, mein Mann hat mich sehr geliebt. Immer wollte er mit mir schlafen! Ich habe schon solche Ringe unter den Augen gehabt. Ach, Señora, hat unser Dienstmädchen gesagt, unser Herr ruiniert Sie uns ganz! Dann sind die Kinder gekommen, Miguel hat einen großen Kopf gehabt, er konnte schon mit einem Jahr reden. Das hat Herreros nicht gepaßt, das hat ihn gestört, dieses intelligente Kind, das ihn anspricht, schon mit einem Jahr einen ganzen Satz, stell dir vor! Dann ist Marina gekommen, und dann Alberto, und dann habe ich ihn erwischt mit dieser Schlampe. Ich gehöre zu denen, die nie sagen, daß es jetzt genug ist, hat sie ihm auf einem Zettel geschrieben. Einmal habe ich gesehen, wie sie durch den Spiegel Blicke tauschten. Ich habe den Zettel im Papierkorb von Herreros gefunden, er war zerrissen. Ich habe ihn zusammengeklebt und zum Notar getragen. Der hat dann eine Trennung von Tisch und Bett beantragt. Aber vor Gott ist er mein Mann! rief sie. Und er wird zu mir zurückkommen! Eines Tages wird er da sein, und die Kinder werden einen Vater haben.

Als ich jung war, hat mir ein Dienstmädchen die Orangen geschält, sagte Doña Gregoria. Ich war so zart. Meine Haut ist sehr empfindlich gewesen. Wir haben viele Dienstmädchen gehabt. Mehrere Häuser hat mein Vater besessen, und den Weinberg.

Miguels Mutter trug Gummihandschuhe, wenn sie das Geschirr wusch. Eine Spanierin mußte lange Fingernägel haben. Ein billiges Mittagessen waren Erdäpfel und Zwiebeln im Rohr. Doña Gregoria legte ein Jenaer Glas mit Zwiebelschalen aus, darüber eine Schicht Erdäpfelscheiben, würzte mit Salz und Pfeffer, gab ein Lorbeerblatt dazu, übergoß alles mit Öl, und nach 20 Minuten war der fette Schmaus fertig.

Zum Nachtisch servierte sie Schinken und Melonen. Ach, wenn euch das Großmütterchen hören könnte, seufzte sie, wenn Marina und Alberto stritten.

Das Großmütterchen war sehr dick gewesen. Miguel hatte mir erzählt, daß sie sich wegen ihrer Leibesfülle nicht bewegen konnte, sondern getragen werden mußte. Sie konnte nicht gehen, so schwer war sie. Der Arzt hatte ihr verboten zu essen. Aber man fand immer wieder unter den Matratzen in ihrem Bett Kekse, die sie versteckte. Lacht nicht über das Großmütterchen, bat Doña Gregoria, sie war meine Mutter. Gegen das Großmütterchen, die eine Heilige war, bin ich nur Dreck!

Mein Sohn liebt dich, sagte Miguels Mutter. Kind, bleib bei ihm. Einen besseren findest du nicht. Mein Sohn ist ein guter Mensch. Du darfst ihn jetzt nicht im Stich lassen.

Mama, was redest du für einen Blödsinn! Die Zeitung. Da. Hier steht es. Wir können gar nicht zurück.

Leben wir miteinander, sagte ich, und in ein paar Jahren heiraten wir dann.

Dann werden sie sagen: Das ist die Hure, mit der er gelebt hat. Dann bekommen wir keine Heiratserlaubnis. Dann muß ich das Militär verlassen. Und wenn ich das Militär verlassen muß, habe ich keine Basis.

Heirate ihn, Kind, sagte seine Mutter.

La señorita ... aus Österreich ... wird den Kadetten Miguel ..., geboren in Campo de Criptana am 17. April 1943, ehelichen.

Alle Offiziere von Spanien lesen diese Zeitung. Jeder erzählt es jedem. Die Ehefrauen lesen die Zeitung beim Frühstück und erzählen es ihren Männern. Was sollen sie von mir denken? Daß ich mich geirrt habe? Miguel Herreros irrt sich nie! Er liebt diese Frau. Was werden sie sagen, die Leute? Daß er sich eine Ausländerin zur Braut genommen hat und daß er sie stehenlassen mußte? Oder daß sie ihm davongelaufen ist? Und wenn er mit ihr Kinder will, müssen seine Kinder Hurensöhne sein? Ich habe immer gewußt, was ich wollte, Mama!

Ja, mein Sohn, mein Sohn, ich weiß. Du bist unfehlbar.

Und sie macht, daß ich mir vorkomme wie ein Kaspar.

Nein, mein Sohn, sie ist nur unsicher. Sie weiß nicht, ob sie dich liebt.

Mit wem warst du glücklicher? fragte er. Mit Fernando oder mit mir?

Mit Fernando.

Und warum?

Weil ich frei war. Weil ich 17 war. Weil alles anders war damals.

Ich lasse dir doch deine Freiheit!

Die läßt du mir nicht.

Aber wenn wir verheiratet sind, wirst du frei sein. Das verspreche ich dir. Wenn wir heiraten, befreien wir uns von der Gesellschaft. Wir werden ein modernes Paar. Wenn wir uns trennen, wird es nicht wie bei meinen Eltern sein. Wir werden einander nicht mit Haß verfolgen. Sondern wenn wir nicht glücklich werden, dann trennen wir uns einfach. Wir werden drei Kinder haben, du behältst die Kinder, ich besuche dich, und meine Geliebte wird auf dich sehr eifersüchtig sein. Du wirst malen, und wir werden ein interessantes Paar sein.

In Criptana stellte er mich den Freunden seines Bruders Alberto vor. Einer von ihnen hieß José Simó und war sehr wichtig, weil Miguels Bruder jahrelang bei den vier Brüdern Simó gewohnt hatte.

Miguel erzählte von einer Feria, einem Fest, einer Zusammenkunft.

Du kannst jetzt nicht nach Madrid fahren, sagte er. Es geht nicht, weil die zwölf Personen schon hierher unterwegs sind.

Aber ich möchte nach Madrid fahren.

Ich kann dich nicht hinbringen. Ich muß mit den zwölf Freunden die Feria verbringen.

Dann fahre ich mit dem Zug. Ich möchte nicht mehr im Dorf bleiben. Ich muß mir in Madrid etwas im Museum anschauen, und ich möchte meine Heimreise vorbereiten.

Bei all dem helfe ich dir später. Bleib hier, denn die Freunde möchten dich kennenlernen. Du bist die Braut von Miguel Herreros, und sie sind neugierig und glücklich, weil ich mich verlobt habe. Sie möchten sehen, wie du aussiehst. Alberto hat José Simó und seinen Brüdern und allen Freunden so viel von dir erzählt, daß sie dich unbedingt persönlich hier treffen und uns gratulieren wollen. Das Fest, das wir feiern, wird ein großes Mittagessen zu unserer Verlobung sein. Danach steigen wir alle auf die Hügel zu den Mühlen des Don Quijote, und danach machen wir noch einen Ausflug nach Alcázar de San Juan.

Aber ich kenne doch diese Leute nicht.

Als meine Braut wirst du erleben, daß sie dich bewundern und du ganz im Mittelpunkt stehst. Du wirst sehen, sie feiern dich und mich. Miguel Herreros hat noch nie eine Braut gehabt. Er wird auch nie eine andere haben. Es wird ein einzigartiges Fest sein, und sie sind schon in mehreren Autos unterwegs. Du mußt hier sein, wenn du mich nicht blamieren möchtest. Außerdem kommen sie nur deinetwegen.

Er fuhr mit mir durch das Dorf Campo de Criptana und sagte kritana anstatt kriptana.

Die meisten Häuser waren weiß, mit dunklen Türen. Schwarzgekleidete Frauen standen auf den Gehsteigen, schwarzgekleidete Männer saßen auf Stühlen vor den Häusern. Sie schienen zu schlafen, mit dunklen Mützen auf dem Kopf. Die Frauen waren meistens zu zweit oder zu dritt in Gesprächen, trugen Taschen, hielten Kannen. Er fuhr mit dem Auto durch Gassen und über Plätze. Es war ein ziemlich weitläufiges Dorf, und manche Straßen führten ein wenig bergauf.

Liebe mich, denn ich bin ein guter Mensch, sagte er.

So etwas hatte noch nie jemand zu mir gesagt. Noch nie hatte mich ein Mensch um Liebe gebeten. Und außer meiner Mutter hatte mir noch nie jemand gesagt, daß er ein guter Mensch sei.

Bitte, liebe mich. Denn ich bin ein sehr guter Mensch, sagte Miguel wieder.

Dabei lenkte ich das Auto, und er saß rechts neben mir. Er hatte mir erlaubt, im Dorf zu fahren.

Du trägst nun die Verantwortung. Bring nur niemanden um. No metes a nadie. Matar. Matador.

Nun war es mir so vertraut, als ob er sich gedemütigt hätte vor mir. Ich wußte nicht, was ich sagen sollte. Liebe mich, denn ich bin ein guter Mensch. Quiéreme porque soy bueno.

Also gut, dachte ich, dann werde ich ihn lieben. Wie sollte ich das aber machen? Ich hatte noch nie einen Mann immer nur geliebt. Mir wurden Männer langweilig, wenn sie sich verliebten, zu sehr verliebten, mich ergeben anschauten, etwas von mir wollten, was ich ihnen nicht geben konnte, denn ich liebte dann immer zuwenig.

Ich hab dich gern, sagte ich, weil du sehr intelligent bist.

Ich bin nicht intelligent. Ich bin nur ein guter Psychologe. Das mußt du wissen, daß ich nicht sehr intelligent bin. Eusebio ist sehr intelligent, du bist intelligent, aber Eusebio ist kein Psychologe, niemand ist so ein guter Psychologe wie ich. Ich habe Tierpsychologie studiert, nicht nur Veterinärmedizin. Mich interessieren die Seelen. Las almas. Du weißt, was Seele heißt, oder? Die Seele des Menschen und des Tieres sind ähnlich. Die Frauen sind wie die Kühe, sagt man. Neun Monate schwanger. Aber ich persönlich glaube das nicht, daß eine Frau wie eine Kuh ist.

Sie trägt neun Monate, wie die Kuh, aber sie ist doch ein menschliches Wesen. Früher hat man darum gestritten, ob Frauen eine Seele haben. Ich möchte wissen, ob du eine Seele besitzt. Daß Männer Seelen haben, weiß man, und Männer leiden sehr. Aber ob meine Mutter wirklich eine Seele hat, könnte ich nicht bezeugen. Oder meine Schwester. Ich habe noch nie eine Seele gesehen. Vielleicht gibt es gar keine Seele. Man sagt, daß Tiere auch eine Seele haben. Ein Hund, eine Katze, ein Vogel. Alles hat angeblich Seelen. Auch die Fische. Mich interessiert das alles sehr: die Psychologie eines Hundes, die Psychologie der Vögel, einfach alles. Ich möchte gerne wissen, was herauskommt, wenn ich Dinge an dir trainiere. Ich werde dein Lehrer sein, dein Meister, wenn du möchtest. Ich kann dir Dinge beibringen, die keine Frau kann. Dann mache ich aus dir das Wunder. Eine Frau wie ein Wunder. Eine perfekte Frau, eine vollkommene Frau. Ich kann dich erziehen, wenn du möchtest. Ich kann dich kritisieren. Du wirst viel von mir lernen, weil ich, wenn ich eine Frau wäre, eine gute Frau wäre. Ich weiß genau, was Männer brauchen. Ich würde, wenn ich eine Frau wäre, den Männern alles geben. Ich könnte einen Mann sehr glücklich machen. Also werde ich dir beibringen, wie eine Frau einen Mann glücklich machen kann. Du kannst es bei mir lernen. Möchtest du eine wunderbare Frau sein?

Natürlich wollte ich so etwas werden. Und nicht studieren, sondern mich verbessern und mich verwandeln in eine bessere und anziehende Persönlichkeit.

Er sagte: Du hast so viele gute Eigenschaften. Ich bewundere dich. Du bist begabt und bist gutaussehend. Nicht wie Spanierinnen, aber doch attraktiv. Du könntest dich viel mehr entfalten an meiner Seite. Ich würde dir Unterricht geben. Wie du sprichst, wie du gehst, wie du dich anziehst, wann du schweigst, wann du lächelst. Kennst du den Film *My Fair Lady?*

Ja.

Ich möchte dein Professor Higgins werden.

Er sagte, ich würde genauso bleiben, wie ich sei, und er würde mich verfeinern, refinar. Ich nahm an, er würde mir über das Leben der Frauen und der Männer viel erzählen.

Du schreibst doch Romane oder möchtest eines Tages Romane schreiben. Da mußt du noch viel lernen. Du mußt wissen, wie die Welt ist. Ich kann dir vieles erklären, und bei mir holst du spielend auf, daß du jünger bist als ich. Ich habe dir sechs Jahre voraus, das heißt, als du geboren wurdest, habe ich schon mit meinen Freunden in der Gasse gespielt. Schade, daß ich nicht in Österreich geboren bin. Ich bewundere dein Land. Wenn ich in Österreich geboren wäre, wäre ich so gebildet wie du. Aber du wirst mich bilden. Neben dir werde ich ein besserer Mensch werden. Ich bin gut, verstehst du, aber in Spanien darf man nicht immer gut sein, denn die Menschen sind hier böse. Nur Eusebio ist gut. Aber auch er ist nicht immer gut. Niemand ist so wie ich, das hast du ja schon gemerkt. Niemand nimmt sich so um dich an. Das ist, weil die Menschen in Spanien das Ausland nicht mögen. Für einen Spanier gibt es nur Spanien. Der Rest der Welt interessiert die Spanier nicht. Sie sprechen keine Sprachen, wie du gesehen hast, und ihr in Österreich seid uns weit voraus. Ihr sprecht mehrere

Sprachen, ihr seid gebildet wie die Schweden und wie die Holländer. In Holland dürfen homosexuelle Männer heiraten. So weit geht das Verständnis und geht auch die Toleranz. Ich bin tolerant und liberal. In Spanien ist niemand so tolerant und liberal wie ich. Kein Spanier würde mit dir im Auto durch sein Dorf fahren und dich lenken lassen. Du siehst, daß ich anders bin. Schau, wie die Leute tuscheln. Sie sprechen über uns. Sie haben schon erfahren, daß Miguel Herreros eine Verlobte hat, und nun zeigt er sich mit ihr. Sie haben über dich schon gesprochen, ohne dich zu sehen, und nun erleben sie, daß Miguel Herreros mit seiner Braut durchs Dorf fährt. Früher hat das meiste meinen Großeltern und meinen Urgroßeltern gehört. Im Bürgerkrieg wurde uns vieles weggenommen. Meine Vorfahren waren Großgrundbesitzer, Millionäre, und sie waren sogar adelig. Wir sind ein altes, tapferes Geschlecht, die Herreros. Durch verschiedene tragische Umstände ist meine Familie um den gesamten Besitz gekommen. Am Ende durch eine Gemeinheit, die mein Vater an meiner Mutter beging. Er heiratete sie wegen des Geldes. Erst brachte er sein gesamtes Vermögen durch, dann griff er ihres an. Und was ihr noch geblieben war, das übernahm schließlich der Onkel Tomas, und er verspekulierte sich, zusammen mit meinem Vater. Sie hatten eine Weinkellerei. Der Mancha-Wein ist sehr berühmt. Vino Manchego. Sie machten schlechte Ernten und kelterten den Wein nicht gut, und sie nahmen Kredite auf, und eines Tages auch einen Kredit auf das Haus, und dann kam der Anwalt meiner Mutter, der Notar, und er sagte: Nun gehört dieses Haus mir, und Sie werden ausziehen. Damals zog meine Mutter nach Valencia zu ihrer Schwester. Sie hat nur ein Zimmer. Auch meine Schwester lebt dort. Sie hat Chemie studiert und verdient in einem Laboratorium genug, um meine Mutter zu ernähren. Aber eines Tages möchte ich, daß meine Mutter alles wieder zurückbekommt, und ich habe mir geschworen, schon als kleiner Bub, als ich noch ganz klein war, daß ich meine Mutter glücklich machen werde, glücklicher als je eine Frau mit ihrem Sohn gewesen ist. Ich habe mir geschworen, daß ich ihr alles zurückerobere und daß ihr wieder der Berg gehört, den sie verloren hat, unser Weinberg. Denn der Weinberg war der schönste und größte und beste in unserer Gegend. Er war ihr Erbe. Sie hat ihn von ihren Vorfahren geerbt, und wir wollen ihn zurückhaben. Ich habe es meinem Bruder, meiner Schwester und meiner Mutter versprochen. Miguel hält immer, was er verspricht. Ist dir das schon aufgefallen? Miguel ist gut zu denen, die zu ihm anständig sind, und Miguel kann schrecklich sein, wenn er sich an jemandem rächen muß. Sei vorsichtig mit mir. Ich bin ein Herreros. Wir sind starke Persönlichkeiten. Ich habe ein sehr starkes Temperament, das habe ich von meinem Vater geerbt. Und ich bin gut, wie ich dir schon gesagt habe, denn das habe ich von meiner Mutter geerbt, la bondad, die Güte. Du mußt achtgeben, wenn du mit mir zusammen bist, daß ich nie schrecklich zu dir sein muß. Ich werde zu dir gut sein, wenn du dich gut benimmst. Einverstanden?

Das erschien mir alles sehr interessant. So hatte noch nie ein Mann mit mir gesprochen. In Österreich redeten die Burschen mit den Mädchen nur wenig.

Wir sahen große, gute, interessante Gespräche eigentlich nur im Kino, im Theater, und es gab sie auch in Büchern, aber in den Kaffeehäusern und auf Spaziergängen wurden von den jungen Männern bei uns daheim meist nur kurze Scherze gemacht. So viel wie Miguel hatte mir noch nie ein Mensch anvertraut.

Das erzähle ich nur dir, sagte er. Du mußt wissen, wie ich bin, wer ich bin, was ich vorhabe, was meine Wünsche sind, meine Absichten und meine Pläne.

Ich war stolz auf mich und fühlte mich geehrt. Ein Spanier vertraute mir die Geheimnisse seines Lebens an. Miguel erschien mir nicht mehr so fremd wie früher. Nun schämte ich mich, mich über ihn lustiggemacht, ihn weggestoßen zu haben. Er sagte: Voriges Jahr hast du mir sehr weh getan. Ich habe um dich gelitten. Ich begehrte dich und mußte meine Sehnsucht unterdrücken. Du warst oft launisch mit Eduardo, caprichosa, und du hast mit ihm geflirtet, du hast mit Fernando geflirtet und geschlafen. Mit allen Männern hast du geflirtet, nur mit mir nicht. Ich war für dich immer Miguel, der Komische, Miguel, der Seltsame, Miguel, der Extravagante. Es hat mich verletzt. Dolido. Me ha dolido mucho. Es hat mir sehr weh getan. Me has herido. Du hast mich verletzt. Weißt du, was eine Wunde ist?

Er zeigte es mir, als habe er ein Messer, mit dem er sich in die Haut schneide und steche. Dann kommt Blut. Dann kommen Tränen. Ich habe blutige Tränen verschluckt, um sie nicht zu weinen. Wenn du nach Madrid gefahren bist, zu Fernando, bin ich in dein Zimmer gegangen, habe deinen Schrank geöffnet, habe deine Höschen genommen, habe an ihnen gerochen. Ich habe mir vorgestellt, daß ich mit dir einen Orgasmus habe und daß du einen hast. Es enttäuscht mich sehr, daß du nicht fühlen kannst, wie ein Orgasmus ist. Er ist das Herrlichste auf der Welt. Es ist, als ob man im Himmel wäre und man alle Engel sieht und Gott und alle Wesen, die dort oben sind. Ein Orgasmus ist das große Wunder von Gott für uns. Wenn ich an Gott glaube, dann nur, weil es den Orgasmus gibt. Und die katholische Kirche verbietet ihn. Der Papst will nicht, daß die Menschen Orgasmen haben. Sondern nur die Fortpflanzung. Wißt ihr das in Österreich? Seid ihr katholisch? Ist Österreich ein katholisches Land?

Ja, sagte ich. Das ganze Land ist katholisch, bis auf ein paar andere Religionen, aber das sind nur wenige Prozent.

Was für Religionen gibt es in Österreich?

Alle. Bei uns herrscht Religionsfreiheit.

Mein Vater lehnte es meistens ab, sich mit mir über politische oder religiöse Fragen zu unterhalten. Er machte manchmal eine Bemerkung, daß ich nicht recht hätte, und er machte mich höchstens aufmerksam auf Gedanken, die mir noch nie gekommen waren, etwa daß die Religion von Moses nur gebracht worden sei, damit die Menschen aufhörten, einander die Köpfe einzuschlagen, und sie würden einander immer noch gegenseitig erschlagen, wären da nicht die Religion und die Drohung, daß es ihnen später, nach dem Tod, schlimm ergehen würde, wenn sie sich nicht an die Gesetze hielten.

Moses war ein Hygieniker, hatte mein Vater gesagt. Er hat die Trichinose entdeckt, diese Krankheit, die vom Schwein übertragen wird. Er hat daher verboten, daß man Schweinefleisch ißt. Moses war ein Arzt, höchstwahrscheinlich, und er hatte die Bildung eines Medizinmannes, war ein Heiler, ein Psychologe, denn das alles hat es ja früher auch gegeben. Die Ägypter haben ja schon Hirnoperationen gemacht. Sie haben gewußt, wie man den Schädel öffnet und Gehirne von Tumoren befreit. Sie waren in der Heilkunde und Chirurgie sehr weit.

Ich erzählte Miguel, was für ein Mensch mein Vater war. Sehr an Religionen interessiert, im Zusammenhang mit der Kunst der Ärzte. Ich erzählte ihm, daß mein Vater im Krieg auch Gehirnchirurg war und Neuropathologe, daß er nicht mehr arbeiten wolle als Chirurg, daß er in Berlin, Prag und Budapest studiert habe und daß er als Assistent in Spitälern gearbeitet habe.

Hat dein Vater Mengele gekannt?

Ich wußte nicht, wer Mengele war. Miguel sagte, er wisse viel aus der Medizin, weil ihn auch die Humanmedizin interessiere. Sein Vater habe aber gewünscht, daß er Tierarzt werde.

Ich finde deinen Vater sehr interessant und möchte ihn gerne kennenlernen. Wenn du willst, besuche ich dich und deine Familie heuer im Winter. Im Oktober muß ich auf die Militärakademie. Ich werde in Toledo studieren. Ich habe die Aufnahmeprüfung mit Sehr gut bestanden, ich war der Beste von allen Bewerbern aus der Veterinärmedizin. Wenn ich im Oktober beginne, bekomme ich meinen Reisepaß. Dann kann ich im Dezember zu dir nach Österreich fahren und bei deiner Familie Weihnachten verbringen.

Das wollte ich nicht, denn wenn Fernando nicht erwünscht war, würde auch ein Miguel nicht erwünscht sein, und wozu sollte er kommen? Ich verstand das nicht und zögerte.

Er sagte: Auf den ersten Blick hast du mir nicht gefallen. Du bist dort am Tisch gesessen mit deiner Schreibmaschine und dem vielen Papier, das du beschrieben hattest, und ich dachte, daß du eine Sekretärin bist. Dann habe ich gemerkt, daß du selbst schreibst. Das hat mir imponiert. Du hast die Brille getragen, mit der du sehr häßlich warst. Deine Augen, so winzig klein hinter deiner Brille. Dann habe ich dich ohne Brille gesehen, und da warst du hübscher. Und du wirst noch hübscher sein. Ich werde dir sagen, wie du noch hübscher wirst als du bist. Wie sehen deine Schwestern aus? Deine Mutter ist eine sehr schöne Frau, oder?

Du hast ja die Fotos gesehen.

Ja, sie ist eine schöne Frau. Und dein Vater? Wie sieht er aus?

Er ist nicht groß. Er hat einen Schnurrbart.

Soll ich mir einen Schnurrbart wachsen lassen?

Nein. Das ist lächerlich.

Aber Adalberto hat einen Schnurrbart.

Der Schnurrbart von Adalberto gefällt mir nicht.

Mir gefällt nur, wie er Gitarre spielt und singt. Und eigentlich gefallen mir nur die Lieder. Ich liebe die Musik mehr als die Menschen.

Das sagst du nur so. Das glaube ich dir nicht. Du liebst doch deine Familie.

Ja, aber die Musik noch mehr.

Dann singen wir.

Wir verbrachten die Fahrt mit dem Singen, fuhren umher, und mich störte nur, daß er noch immer, sobald ich ein Lied anstimmte, zu spät einsetzte, es von vorne begann, und in einer anderen Tonart. Ich mußte dann warten, bis ich einstimmen konnte in seine Tonart. Sonst gefiel mir alles, und ich verstand nicht mehr, warum ich ihn früher so sehr abgelehnt hatte. Ich schämte mich immer mehr, besonders, als er wieder davon zu sprechen anfing, wie sehr ich ihm wehgetan hatte.

Du hast mich so verletzt voriges Jahr mit deinen Karten und deinen Briefen. Du hast mich manquita genannt und mir ein Gedicht von Federico Garcia Lorca geschickt, über einen kleinen Schwulen. Der war sicher schwul, dieser Lorca. Aber ich nicht. Mir hat das weh getan, daß du mich immer nur aufgezogen hast. Ich hätte dir gerne geschrieben, wie sehr ich dich begehrte. Aber das habe ich erst später getan, als Eduardo nicht mehr auf der Farm wohnte. Da war ich sehr einsam, habe getrunken, habe ein paar Mädchen getroffen, und dann habe ich mich an dich erinnert und gedacht, daß ich dich doch sehr gern gehabt habe, und dann habe ich dir das alles erzählt, was ich empfunden habe für dich, wie sehr du uns gefehlt hast, nach deiner Abreise, wie sehr mich Fernando verletzt hat mit seinem dummen Benehmen. Fernando ist ein Dummkopf, du mußt mir das glauben. Er hat erlaubt, daß du bei zwei Männern wohnst. Du mußt einsehen, daß er dich nicht liebt. Er hat dich im Bett gehabt. Ich würde eine Frau, die von mir fortgeht, um mit zwei Männern in einem Haus zu leben, nicht zu mir ins Bett nehmen. Wenn meine Braut von einem anderen Mann berührt wird, rühre ich sie nicht mehr an. Es hat Brautpaare gegeben, die haben miteinander geschlafen vor der Hochzeit und sich dann getrennt, weil der Spanier sich gesagt hat: Was sie mit mir macht, vor der Heirat, das macht sie dann in der Ehe mit einem anderen. Ein Mann vertraut einer Frau nur, wenn sie sich als Frau ihm hingegeben hat, nicht als Braut. Wir beide werden nicht mehr miteinander schlafen und einander nicht mehr berühren und nicht mehr küssen, bis wir verheiratet sind.

Das war für mich ein schwerer Schlag. Ich hielt es für einen Spaß, aber er blickte besorgt. Ich sagte, ich würde aber gerne mit ihm das Sexuelle weiterlernen und wissen, wie ich empfinden und erleben kann.

Wenn ich in der Akademie bin, bist du in Österreich und wartest auf mich.

Ich werde aber in Österreich mit anderen Männern einiges versuchen. Ich möchte ja probieren.

Das darfst du nicht. Die Pforte einer Frau ist heilig. Du wirst niemanden küssen, oder ich rühre dich nicht mehr an und bin nicht mehr dein Freund. Wähle, was du willst. Du wirst mich doch nicht belügen? Was hast du noch vor? Und wie wirst du dich entscheiden?

Er sagte, wenn er mich verliere, würde er nie mehr

im Leben glücklich werden, das wisse er. Ein Mann liebe nur einmal, und er liebe mich. Vorher habe es keine Frau gegeben, nachher würde es keine geben. Er würde sich zu gefährlichen militärischen Operationen melden, um in den Tod zu gehen.

Umbringen würde ich mich nicht, sagte Miguel. Der Suizid ist für Feiglinge. Mehr Mut kostet es zu leben und sich zu stellen, das Leben herauszufordern, tapfer zu sein und im Kampf zu sterben, wenn man Soldat ist, oder sein Leben für eine andere Sache zu opfern.

In Spanien muß eine Frau Jungfrau sein, sagte er, noch mit fünfundzwanzig, wenn sie noch verlobt ist. Meine Schwester ist Jungfrau und fünf Jahre älter als du. Stell dir das vor. Sie ist keusch. Meine Tante Herminia hat vier Kinder und ist seit einigen Jahren Witwe. Sie war mit meinem Onkel glücklich verheiratet, und sie hat ihn nie nackt gesehen. Ich meinen Vater schon.

Das ist in Spanien anders. Du hast mich nackt gesehen und hättest es nicht gedurft. Du sollst mich von nun an nie mehr nackt sehen. Auch nicht, wenn wir verheiratet sind. Ich komme im Dunkeln zu dir. Und ich ziehe mich im Dunkeln aus.

Aber ich will dich gar nicht heiraten, sagte ich.

Wieso, du hast ja gesagt, als ich dich gefragt habe.

Ja, da habe ich auch gedacht, daß ich dich heiraten will. Wenn ich aber das alles höre, was du mir erzählst von diesem Land, dann möchte ich nicht hier leben.

Ich bin liberal. Ich werde dich nicht so behandeln. Vieles, was ich sage, ist nur ein Scherz. Ich möchte sehen, wie du reagierst. Du reagierst gut. Du bist ehrlich. Ich brauche eine Frau, die ehrlich ist. Bin ich nicht furchtbar aufdringlich und ehrlich zu dir? Willst du keinen ehrlichen Mann haben?

Das Wort aufdringlich hatte mir gegenüber noch nie ein Mann in Zusammenhang mit sich selbst gebraucht. Ich fand sehr oft, daß Männer aufdringlich waren, und es gefiel mir, daß er sich selbst empalagoso nannte, aufdringlich, süßlich, lästig.

Ja, du bist aufdringlich, sagte ich. Aber du bist ein guter Freund, und es macht nichts.

Mit dir kann ein Mann gut reden. Hast du viele Freunde in Österreich, mit denen du reden kannst?

Nicht so viele.

Dann saß ich bei seinen Freunden und denen seines Bruders Alberto in einem schattigen Gastgarten. Ich hatte Bauchschmerzen, und das Blut meiner Menstruation floß in mein weißes Kleid. Der Fleck unter mir wurde immer feuchter und immer riesiger. Ich bemühte mich, möglichst so aufzustehen und zur Toilette zu gehen, daß niemand etwas sah. Ich fürchtete, Miguel würde böse werden, daß seine Braut so ein peinliches Schauspiel bot. Aber er sagte nur, die Wirtin würde mir Watte geben, er habe schon mit ihr gesprochen, und später solle ich von ihm ein Paar Hosen und ein Hemd anziehen.

Ich hatte Angst vor ihm und wußte nicht, warum. Ich respektiere ihn, dachte ich. Mir fiel dann ein, was meine Mutter einmal gesagt hatte: Zu einem Mann muß man aufblicken können.

Er war der erste Mann, außer meinem Vater, der stärker war als ich. Wenn Fernando jetzt gekommen wäre, hätte ich ihm gesagt: Ich bin die Braut Miguels, du bist nur ein südamerikanischer chulo, du hast mich verlassen, du hast dich nicht um mich gekümmert, du liebst mich nicht.

Aber Fernando war in England, und einer der Freunde Miguels blickte mich versonnen lächelnd an. Er saß unter einem Baum, dicht am Stamm, und er lächelte immer wieder, schwieg, blickte mich lange an und grinste. Er hatte schneeweiße Zähne und ein mageres, kleines Gesicht. Seine Wangen hoben sich und wölbten sich, wenn er grinste. Die Zähne strahlten, die Lippen waren schwellend und schön geformt, das Haar kurz geschnitten, beinah rasiert, und kohlschwarz.

Der, den du immer so anschaust, sagte Miguel auf französisch zu mir, das ist José Simó. Er sieht Fernando ähnlich, findest du nicht? Aber er ist hübscher als Fernando.

Ich fuhr nach Barcelona und von dort weiter nach Österreich. Als ich auf dem Hauptbahnhof von Barcelona die Arme verschränkte und mein Gesicht in die rechte Hand legte und dabei den Zeigefinger ausgestreckt an die Wange, merkte ich, daß mir das half, mich fern von Miguel doch nicht ganz entfernt von ihm zu fühlen. Ich bewegte mich wie er, mit langen Schritten, stand nachdenklich so da wie er, dachte an ihn, versuchte mir vorzustellen, was er jetzt machte, war sehr verliebt in ihn, verstand nicht, warum ich überhaupt von ihm wegfuhr.

In Österreich empfing mich die Eiseskälte meines Vaters. Auch Mutti war verstimmt. Sie saß neben Papa vorne im Auto, zufällig kamen spanische Nachrichten aus dem Radio, es war irgendein südamerikanisches Programm in einer internationalen österreichischen Sendung.

Ich verstehe alles, sagte ich, und ich möchte euch sagen, daß ich mich verlobt habe.

Meine Eltern schwiegen.

Ich hatte einen Ausbruch erwartet oder wenigstens Protest. Aber durch ihr Schweigen fühlte ich mich unsagbar schuldig.

Ein Mann will mich heiraten, er ist kein Südamerikaner, er ist ein Spanier und Tierarzt, Papa.

Mein Vater schwieg. Er hatte sich geärgert, weil ich an der falschen Bahnstation ausgestiegen war, in der Meinung, der Zug würde nicht weiterfahren.

Zu Hause malte ich mit Ölkreiden. Mein Gesicht. Ich nahm es und zeigte es Frau Doktor Biedermann.

Die Augen, die Augen, sagte sie, mein Gott, ja, das sind die Augen von der Gitti.

Ich nahm ein Aquarell aus einem Rahmen, schob meine Zeichnung hinter das Glas, und Papa fragte: Warum tust du denn das Bild heraus?

Um Rahmen zu sparen.

Ich malte noch ein Selbstportrait, eine Frau, ganz in Rosa und Orange, mit roten Wangen. Mutti kam und hockte sich neben mich.

Schau, Mutti, das ist die erwachende Sinnlichkeit. Sie blickte mich ratlos an. Irgendwie schien sie verstört, und dann erklärte sie mir auf meine Frage, weshalb mein Vater nicht mit mir rede, alles.

Der Papa ist traurig, weil du nicht studierst. Er ist von dir enttäuscht. Aber er sagt, wir sollen dich nach Spanien ziehen lassen, denn wenn die Russen nach Österreich kommen, wird es gut sein, Verwandte im Ausland zu haben. Er sagt, eine zweite sowjetische Besatzung macht er nicht mit.

Ich kann ja Lehrerin werden, tröstete ich meine Mutter. Vielleicht mache ich in Spanien eine Schule. Dann bin ich dort Volksschullehrerin für die Bergarbeiterkinder.

Irgend etwas Soziales wollte ich schon machen, und vielleicht würde das einmal auf einem Buch, das ich geschrieben habe, unter meinem Foto stehen: Drei Jahre Volksschullehrerin in einem spanischen Gebirgsdorf.

Nach einigen Wochen fuhr ich wieder weg, nach langen Briefen, die mir Miguel und ich ihm geschrieben hatte. Er war schon in der Kaserne, als ich in Madrid ankam, und sein Bruder Alberto holte mich vom Bus ab.

Miguel hat das Haar sehr kurz, sagte er. Ich werde jetzt eine Unterkunft für dich suchen, dann fahren wir ihn besuchen. Er hat nicht immer Ausgang, du wirst jetzt eine Zeitlang ohne ihn auskommen müssen, aber ich werde mich deiner annehmen, ich habe es meinem Bruder versprochen.

Ich dachte, daß es bei meiner Mutter und meinem Vater auch so gewesen war. Mann und Frau. Verlobter und Verlobte. Bei allen meinen Bekannten, die verheiratet waren. Mir fehlte die Möglichkeit des Vergleichs.

Ich zog nichts in Zweifel. Er sagte, er liebe mich wie am ersten Tag, seine Liebe sei unendlich, ich sei seine Göttin. Ich hielt seine Worte für den Ausdruck eines ganz besonderen Gefühls, das mir niemals mehr irgend jemand auf der Welt entgegenbringen würde.

Meine Liebe ist ewig, sagte er.

Ich empfand mich als minderwertig, weil ich nicht so lieben und nicht so sprechen konnte wie er. Ich versuchte mich in Briefen in Liebesbezeugungen.

Natürlich war ich in etwas hineingeschlittert, aber in was?

Vorher warst du allein, sagte er, hattest niemanden, und jetzt hast du mich.

Das stimmte. Ich hatte nie einen Freund gehabt, war nie mit einem Mann gegangen. Jetzt lebte ich in Spanien und sollte, wie Miguel sagte, spanischer sein als die Spanierinnen. Eine Spanierin würde anders beurteilt.

Wie war ich in Wien herumgeirrt! Jetzt dämmerte es mir erst. Vollkommen allein, ein ganzes Jahr, vollkommen abgekapselt. Immer in Gefahr, vergewaltigt, also entehrt zu werden. Ein Glück, daß es niemandem gelungen war. Und ich wußte, meine Mutter hätte sich dieser Meinung angeschlossen. Und auch mein Vater, denn beide wollten ja für mich das Beste. Und was war das Beste in meiner Situation! Ich kam nicht drauf

Am besten schreiben, sagte ich mir. Ich werde schreiben, eines Tages werde ich das alles erzählen, ich muß nur durchhalten.

Das Ende des Fadens

Ein bleiches Gesicht mit kahlem Schädel grinste mich an: Miguel Herreros. Er trug eine Art Pyjama aus hellgrauem, dickem Stoff. Der Nachmittagsanzug für die Soldaten.

Sein Schädel war nicht vollkommen kahl, aber das Haar so kurz geschnitten, daß er rasiert wirkte. Seine Augen noch immer groß, und irgendwie verlieh die neue Schädelform ihnen etwas Weiches. Beinah wie ein Kind sah er aus, das Kinn noch immer spitz, aber Gesicht und heller Pyjama verschwammen fast ineinander.

Hola! lächelte er, ein wenig schüchtern.

Hola, Brigitte! Wie gefalle ich dir? Wie geht es dir? Zwischen ihm und uns war ein hohes Gitter. Er war eingeschlossen in einem riesigen Hof, stand nah bei uns, durfte aber die Kaserne nicht verlassen.

Ich habe ein paarmal falsch geparkt, sagte er, da haben sie mir das Auto weggenommen, und ich bin in den Arrest gekommen. Aber mit Miguel werden sie nicht so leicht fertig! Sie kennen mich hier alle! Ich bin der einzige gewesen, der mit einem grünen Sportwagen gekommen ist, und so nennen sie mich hier: Der mit dem grünen Coupé. Sie haben mich gleich vorgenommen. Ich habe Arreste hinter mir, die für neun

Monate ausreichen. Und du hast weniger Wimmerl, wie ich sehe. Wie war deine Reise? Hat Alberto dir geholfen mit allem? Hast du schon ein Quartier?

Sag deinem Bruder, er soll nicht so schnell fahren mit dem Auto!

Fahr langsam mit ihr, Alberto, ich bitte dich. Wenn ihr etwas passiert, bist du ein toter Mann.

Wir fuhren zurück nach Madrid. Alberto erzählte, daß er ein einfacher Mann sei, daß er nicht habe studieren wollen, daß Miguel sich für ihn schämen würde, wenn er erst Offizier sei.

Warum nimmst du die Pille, Brigitte?

Weil ich sie nehmen muß.

Aber sie ist schädlich.

Ich will keine Kinder bekommen.

Warum nicht?

Wenn ich älter bin. Jetzt nicht.

Aber mir gefällt nicht, daß du sie nimmst.

Was geht es denn dich an?

Du bist die zukünftige Frau meines Bruders. Ich will nicht, daß ihr kranke Kinder habt, weil du dieses Zeug schluckst.

Draußen ging das Leben vorbei. Ich wußte, daß es vorbeiging, es erhaschte mich manchmal und lächelte mir zu. Das Leben ist ein schönes Mädchen, das den anlacht, der es liebt, hatte Maurice Chevalier gesungen auf der Schallplatte der »Unesco«, die ich oft und oft gehört hatte, als ich noch zu Hause war und in die Schule ging. Jetzt saß ich in diesem Zimmer und spürte, wie das Leben vorbeiging. Aber wir würden ja auch einmal leben, Miguel und ich. Wenn er aus der Kaserne entlassen war, wenn wir heiraten konnten, wenn ich als seine Frau ... Ich versuchte es mir auszumalen und sah nur eine Wohnung.

Eine Wohnung, so groß, daß ich mich in ihr bewegen konnte, von einem Zimmer ins nächste und ohne daß jemand mich daran hinderte.

In einer Wohnung auf und ab gehen.

Was würde das aber noch bedeuten, verheiratet zu sein? Niemanden um Erlaubnis fragen müssen, wenn wir miteinander schlafen. Nichts Verbotenes mehr tun, sondern das, was sich schickte, eben. Ehepaare schlafen miteinander.

Und dann würden wir modern sein, wie Miguel sagte, und unsere Kinder modern erziehen. Einander nie belügen und miteinander alles teilen.

Wenn wir erst verheiratet waren, würde ich um ein paar Zentimeter größer sein und auf hohen Absätzen gehen. Miguel sagte: Ich will, daß du immer elegant bist.

Er würde viel Geld verdienen, und irgendwann würde er Franco werden, der große Diktator, und dann spielte sich unser Leben nur noch in Flugzeugen, auf Flugplätzen und auf Staatsempfängen ab. Wir würden kleine Häppchen essen und Sekt trinken. Und so den ganzen Tag von Begrüßung zu Begrüßung. Bis wir dann müde ins Hotel kamen, und dann würde man uns bedienen. Dafür lohnte es sich natürlich zu warten, ob er um ein Uhr oder erst um drei oder um fünf anrief.

Miguel hatte mir zum Namenstag ein, wie er sagte, revolutionäres Buch geschenkt. Es hieß *Das sexuelle Leben.* Ich studierte die Beischlafszenen in Wort und Fotografie, malte mir aus, wie wir wieder miteinander schlafen würden, eines Tages.

Die Gegend, in der die Calle Esquilache lag, war nach dem Krieg neu gebaut worden. Viele Hochhäuser und bescheidene, arme Leute.

Frau Arino, meine Vermieterin, klagte über ihren Sohn. Er sei ausgewandert, mit einer Spanierin verheiratet, wolle sich scheiden lassen, lebe in Guatemala, um dort die Staatsbürgerschaft zu bekommen, und erst wenn er sie habe, würde er die Frau, die er liebe, heiraten können. Ihre Tochter lebe in Alicante, und ihr Mann sei so eifersüchtig, daß er sie nie auf Besuch nach Madrid fahren lasse.

Als wir verlobt waren, mein Mann und ich, sagte sie klagend, hat er gesagt: Wenn du doch so klein wärst wie eine Garnspule, dann könnte ich dich in die Tasche von meinem Sakko stecken und immer bei mir tragen!

Sie hatte künstliche Zähne. Wenn sie Makkaroni machte, rief sie mich. Dann durfte ich zuschauen, wie sie die Sauce zubereitete und unter die Nudeln zog, das Ganze mit Butterstückchen und Parmesan bedeckte und ins Rohr schob. Sie zeigte mir eine Süßspeise und erklärte mir, wie man spart.

Ich aß Zitronen, um schlank zu bleiben, und sie schimpfte. Davon bekomme man Leukämie.

Wenn sie das Zimmer aufräumte, zupfte ich mir mit einer Pinzette die Härchen aus den Beinen. Miguel hatte von mir verlangt, mich nicht von der Wohnung wegzubewegen, nirgends hinzugehen, solange er in der Kaserne gefangen war. Ich sollte ihm dreimal täglich schreiben und auf seine Anrufe warten.

Alberto begleitete mich auf die Kunstakademie. Mit vorgeschobenem, breitem Kinn stand er da, angriffsbereit, falls einer der Studenten etwas zu ihm sagte. Er erzählte mir, er leide unter Angstzuständen, wenn er allein in einem Zimmer sei, und er habe immer, wenn er in einer leeren Wohnung an einem Tisch sitzen müsse, ein Messer neben sich liegen.

Eine Frau hinter einem gläsernen Schalter teilte mir mit, daß ich als Ausländerin hier nicht studieren könne, außer ich würde 10.000 Peseten bezahlen, und außerdem müsse ich eine Aufnahmeprüfung ablegen.

Alberto fuhr mit mir auf einen stillen Platz in Madrid, wo die Schule, die wir suchten, noch geschlossen war. Holzjalousien an den Fenstern, alles in der Mittagsruhe.

Ich kaufte mir eine Schere und Nähzeug. Dann gingen wir etwas essen mit Albertos Freunden. Es störte mich, angelacht und bestaunt zu werden von jungen Menschen, die nichts von mir wußten, außer daß ich die Braut Miguels war.

Miguel hatte Alberto eingeschärft, daß er sich um mich kümmern mußte, denn wenn ich allein durch Madrid ging, würden Männer mich ansprechen.

Unter Beachtung der Perspektive mußte auf der Vorbereitungsschule für die Aufnahmeprüfung ein männlicher Torso gezeichnet werden. Zuerst das Blatt teilen mit einem waagerechten und einem senkrechten Strich aus Kohle, dann die Schnur nehmen, an der ein kleines Gewicht hing, und mit der senkrechten Schnur die Entfernungen abschätzen. Geübte Schüler nahmen dazu nur den eigenen Daumen, kniffen ein Auge zu und radierten das, was von den Kohlestrichen wieder weg mußte, mit weichem Gummi oder dem Inneren von Weißbrot vom Papier.

Man lernte schattieren. Am Ende sah das Ergebnis aus wie eine große Schwarzweißfotografie.

Frau Arino kochte sparsam. Ich stand immer hungrig vom Tisch auf, stopfte mich nach dem Essen mit Schokolade voll, bekam aber von Herrn Arino einen Kuß auf die Stirn, als ich seine Frau in Umrissen gezeichnet hatte, wie sie auf dem Fauteuil im Wohnzimmer saß und strickte.

Er war ein kleiner Mann, der daheim in Pantoffeln ging. Er arbeitete bei einer Versicherung und hatte früher gemalt. Die Bilder hingen im Vorzimmer. Es waren Heilige, üppige nackte Frauen, die alle ein wenig Frau Arino ähnlich sahen.

Später, wenn ich die Augen schloß, sah ich noch das Bild vor mir. Nacht. Eine Straße. Wir biegen nach links ab.

Wir sind gerade gefahren, er hat sich eingeordnet, links, dann biegt er ab, aber so schnell, daß es jedesmal eine Überraschung für mich ist. Ich glaube, er fährt auf der Straße zurück. Man darf hier nicht abbiegen, aber er tut es. Er hätte ein Stück weiterfahren müssen, um weiter vorne ordnungsgemäß nach links zu fahren, aber er benützt den kürzeren Weg. Es erschreckt mich jedesmal, weil dadurch der ganze Weg kurz wird.

Er bleibt vor der Haustür stehen, redet noch eine Weile, erlaubt nicht, daß ich ihn küsse, denn er ist jetzt beim Militär und so weiter, und nur Huren küssen ihre Männer im Auto, er erlaubt nicht, daß ich ihn berühre. Er sagt: Wenn wir heiraten, wird alles anders. Dann kannst du mich küssen, soviel du willst, dann werden wir miteinander schlafen, so oft wir wollen.

Er spricht mir vor, und ich spreche nach: Am Morgen, nach dem Aufwachen. Nach dem Frühstück. Vor dem Mittagessen. Nach dem Mittagessen. Und in der Siesta. Vor dem Nachtmahl, nach dem Nachtmahl und vor dem Schlafengehen. Und in der Nacht, wenn wir aufwachen.

Er läßt mich hinaufgehen. Ich nehme wieder das Buch, das große Buch vom sexuellen Leben, schaue die Bilder an. Keine Sekunde denke ich dabei, wie es wäre, mit jemand anderem vielleicht – ich bin ihm hörig.

Er hat gesagt, ich soll an niemanden denken, und ich denke an niemanden. Wenn ich etwas träume, was mich stört, weil ein Mann darin vorkommt, gehe ich zu ihm, gestehe es, und er spricht mich frei oder schimpft: Gott, warum strafst du mich so, was habe ich verbrochen, daß du mich so bestrafst, ruft er.

Ich bin beeindruckt von seinen Rufen, von den Anrufungen Gottes vor allem, und einmal denke ich: Warum du, das bin doch ich, die bestraft ist mit dir, ich langweile mich zu Tode, ich finde in meinem Leben keinen Sinn, und du erlaubst dir, weil ich nicht so bin, wie du mich haben möchtest, weil ich vor lauter Warten auf dich, seit neun Monaten, nicht mehr lache, du erlaubst dir, im Auto, wir fahren durch die Gasse San Bernardo, festzustellen, daß du schon seit Ewigkeiten nicht im Kino warst, keinen Kriminalfilm gesehen hast, wegen mir, weil du wegen mir unfrei bist, dich um mich kümmern mußt, beklagst dich: Gott, was für eine Verlobte hast du mir aufgehalst, was habe ich verbrochen, daß du mich so sehr strafst.

Damals dachte ich: Laß mich aussteigen, ich gehe meinen Weg, und wenn er vor das nächste Auto ist, ich will nämlich nicht mehr weiter.

Aber gerade er war es dann, der mich von solchen Anwandlungen abhielt, denn die Stufe vor dem Selbstmord war, bei ihm zu bleiben und den Selbstmord abzuwehren.

Welt ohne Miguel konnte ich mir nicht mehr vorstellen. Welt, in der ein Miguel irgendwo allein sitzt und seine Liebe hinausplärrt, seine große, große Liebe, er, ganz allein, und liebt allein, liebt in die Nacht mit vielen Rufen, wie die Frösche, die quaken und keine Menschen sein wollen, sich beklagen und quaken darüber, daß sie Frösche sind, das Froschsein erheben zum Status.

Und es sollen alle Frösche werden.

Du liebst mich, darum läßt du mich nicht frei. Du liebst mich, und wenn ich gehen will, gibst du mir dafür den Tritt. So sieht deine Liebe aus.

Liebe, das bedeutet Zurückkommendürfen. Soviel Verstand habe ich noch. Wie oft habe ich gesagt: Laß mich gehen, ich komme zu dir zurück.

Das ganze Leben werde ich leiden deinetwegen, sagte er. Ich werde dich verlieren, ich werde ohne dich sein, und mein ganzes Leben wird davon verbittert sein, daß du nicht da bist. Aber zurückkehren lasse ich dich nicht, das verbietet mir mein Stolz. Der Stolz ist das Wichtigste im Leben eines Mannes. Und wenn ich noch so unglücklich bin, ich werde immer meinen Stolz haben. Der Stolz ist das einzige, was einem Mann bleibt. Du tötest mir das Herz, aber du raubst mir nicht den Verstand. Mein Herz, das gebe ich. Ein Mann kann ohne Herz leben, er kann es sich herausreißen, und ich werde es mir herausreißen lassen von dir, wenn du gehst. Dann werde ich ohne Herz leben. Aber den Kopf, den behalte ich mir. Und den werde ich aufrecht tragen. Niemand wird denken, daß ich ein Mensch ohne Herz bin. Aber ich werde kalt sein, eiskalt. Und wenn Krieg ist, töte ich für Spanien. Ich werde alle töten, die gegen Spanien sind. Und ich werde schießen, und bei jedem Schuß werde ich an dich denken, an den Mann, mit dem du lebst, an dein Unglück, das ich will, an deine Kinder, die ich töten werde vor deinen Augen, an deinen Vater, den ich töten werde.

So redet er, ich höre nur halb zu, ich habe es schon so oft gehört.

Es gibt auch andere Momente. Da führt er mich in eine Bar. Es ist selten, daß er mit mir ausgeht.

Meist verbringt er die Samstage schlafend im Zimmer seiner Stiefschwester. Sie lebt mit seinen Stiefbrüdern bei seinem Vater, bei der Stiefmutter, die er Schlampe nennt, zu der er nicht Mutter sagt, sondern nur ihren Vornamen, Carmen, denn sie ist nicht mit seinem Vater verheiratet, sie leben in ungesetzlicher Ehe, sie haben ein Verhältnis, seit vielen Jahren, Carmen hat alle ihre Kinder in dieses Konkubinat, wie er, der Stiefsohn, es nennt, mitgebracht, Carmens erster Mann ist nach Südamerika ausgewandert, wo er sich scheiden ließ, aber in Spanien gibt es keine Scheidung.

Mein Vater hat mich darauf aufmerksam gemacht: Ein Land, in dem es keine Scheidung gibt! Bedenke es. Eine so komplizierte Familie, das wird alles schwer für dich. Deine Kinder werden keine Spanier sein, sondern nicht wissen, wo sie hingehören. Erst die Enkel werden wissen, daß sie Spanier sind. Du selbst wirst dich nie dort zu Hause fühlen, bedenke es, bedenke es.

Ich dachte, daß ich ein Zimmer, aus dem es keine Tür hinaus gibt, nicht betreten möchte. Eine Ehe ohne Scheidungsmöglichkeit, das ist ein Zimmer ohne Fenster. Es ist ganz dunkel darin. Künstliches Licht. Und die Tür, durch die du hereingekommen bist, wird hinter dir verschlossen. Eine Einbahnstraße.

Miguel, das ist eine Einbahnstraße, du darfst nicht umdrehen.

Ja, aber es ist Nacht, jetzt sieht uns niemand.

Er läßt mich aussteigen. Jeden Sonntag dasselbe. Jetzt sind wir endlich von seinem Vater weg, der mit mir nicht spricht, mich nur angrinst, mich nie etwas fragt, nicht wissen will, wer ich bin, wie ich bin, der mich übersieht, duldet. Wieder zu meiner Zimmergefährtin Pili, die mich angeschrien hat:

Du, was weißt denn du vom Leben, du hast nie kämpfen müssen, für nichts!

Was kann denn ich dafür, daß ich keine Sekretärin bin? Was kann denn ich dafür, daß man mir die Wege so gelegt hat, daß ich einfach nie im Leben etwas arbeiten durfte?

Glaubst du, ich bin glücklicher als du, Pili, dachte ich. Und ich bitte dich doch nur, deine Zigarette erst anzuzünden, wenn du die Tür hinter dir zugemacht hast.

Den riechst du nicht, den Rauch, den kannst du nicht riechen, sagte sie, ich zünde die Zigarette erst an, wenn ich hinausgehe.

Aber der Rauch kommt zu mir her, wenn ich schlafe, und ich wache auf von dem Ekel, den es mir bereitet, den Rauch einzuatmen, bevor ich gefrühstückt habe, bevor ich aufgewacht bin.

Sie behauptet, es könne nicht wahr sein. Ich höre auf, mit ihr zu reden. Wenn etwas so ist, wie ich es sage, und wenn ich es deshalb sage, wie darf ein anderer behaupten, es sei nicht so? Da ist er doch bösen Willens. Da will er doch, daß ich lüge, in den Augen der anderen. Und was hätte es sie gekostet, die Spanierin, daß sie eine halbe Minute später raucht, erst im Gang?

Aber es ist Pilis Macht, sich hier so zu benehmen, wie es ihr paßt, wie sie es braucht. Und ich bin nur eine Zimmergenossin, die jünger ist, nicht gut Spanisch kann, und ich habe mich eben daran zu gewöhnen. Aber ich bin an Miguel gewöhnt, und das sagt viel. Ich kann mich nicht auch noch an Pili gewöhnen.

Ich kann diese ganze Bagage schon oft nicht mehr

sehen, möchte niemanden mehr erblicken, überhaupt niemandem mehr die Wange reichen zum Kuß. Ich möchte überhaupt nicht mehr existieren.

Wenn Fernando jetzt eine Spanierin hat, dann soll sie dick werden, so wie er in England gesagt hat: Fett werden sie alle, wenn sie alt sind, so breite Hüften, deshalb würde ich nie eine Spanierin heiraten, hat er gesagt.

Und dann war das mit Gloria, und wegen dieser Gloria habe ich ihn verlassen. Und wegen Adalberto. Weil er gesagt hat, Adalberto kam zu ihm, bat ihn, ihm zu sagen, wie man es mit Frauen macht, er möchte mit einer Frau schlafen. Fernando lachte dabei, und mir war übel. Warum erzählt er das. Um mir zu zeigen, wie Adalberto ist. Ich sah nur, wie er war. Fernando, ein Schwein. Immer wieder dachte ich das: daß er ein Schwein ist. Und daß ich es vorher nicht wußte.

Aber Miguel ist edel. Er ist mein großer moralischer Halt. Er hat nur mit einer geschlafen, dann kam ich, und ich habe keinen gehabt vor ihm, und wir sind stolz, daß wir so sind, ja, wir sind anständige Menschen. Es gibt zwar in meinem Vorleben, wie er sagt, Unendliches, was ihn stört, aber ich habe ihm alles gestanden, Wort für Wort, habe mich erinnert, krampfhaft, ihm zuliebe, habe Vergessenes heraufgezerrt, alles, alles wollte er wissen. Ich verstand mich selbst nicht mehr, nach so vielen Geständnissen. Immer mehr hörte er, immer mehr hörte er an, zu immer mehr nickte er betrübt, und er wollte immer noch mehr erfahren.

Sag mir die Wahrheit, ich will die Wahrheit, nichts als die Wahrheit, und wenn sie noch so hart ist, und wenn sie mich verbittert, wenn sie mich tötet, will ich sie, die Wahrheit.

Und: Schone mich nicht! Und er lauschte, und ich redete, und mich selbst verstand ich immer weniger. Warum erzähle ich? Warum habe ich jenes denn getan? Die vielen Warums. Ich muß mein Leben erklären, plötzlich, alles erklären. Hätte ich gewußt, daß ich später einmal alles erklären muß, ich hätte nicht gelebt. Ich hätte nie irgend etwas getan, so kann es bei Gott sein, so kann Gott von mir fordern, komm in das Jüngste Gericht, erzähle alle deine Taten, erzähle, warum hast du das getan. So kann nur ein Gott sein, so ist Miguel.

Die vielen Küsse, um Gottes willen, wir haben damals geschmust. Du weißt nicht, wie das in Österreich ist. Dir hat eine kleine Spanierin eine Pesete gegeben dafür, daß du ihr einen Kuß gibst. Aber mich haben viele geküßt, ich liebte sie gar nicht, wir übten nur das Küssen.

Ja, und davon bist du frigid geworden.

Und dann hat er wieder gesagt: wenn wir verheiratet sind.

Dieses Verheiratetsein hält er mir so oft vor, daß ich nichts anderes mehr denken kann. Wenn wir verheiratet sind, muß ich nicht mehr mit Pili wohnen, Herrn Arinos Schlurfen brauche ich nicht mehr zu hören – obwohl, Herr Arino hat mich auf die Stirn geküßt, wegen der schönen Skizze. Er hat gesagt: Du bist begabt, Tochter.

Dieses »Tochter« aus seinem Mund hat mich ihm sehr verbunden. Er ist ein alter Mann, ein kleiner, mit einer langen Strickjacke. Sie reicht ihm vorne an den Zipfeln bis zu den Knien. Er hat eine große Unterlippe, die schlaff herabhängt. Manchmal hat es den

Anschein, als schlürfe er mit ihr die bittere Medizin, die Alter heißt. Diese herabhängende Lippe, und die Güte in seinen Augen. Er blickt mich an, schmunzelnd, und seine tiefe, rauhe Stimme bewirkt, daß es mir wieder gutgeht.

Gilda sagt: Frank Sinatra, der da singt, ist ein Säufer.

Herr Arino legt den Löffel auf den Tisch, sein Gesicht wird rot. Es ist unanständig, über Künstler so etwas zu sagen, ruft er. Hör ihn singen! Der Rest, ob er trinkt oder nicht, geht dich nichts an!

So macht er es auch mit anderen. Ein Künstler ist ein Künstler. Herr Arino hat selbst gemalt früher, er ist ein Meister, nur kaufte niemand seine Bilder. Er arbeitet im Büro, hat zwei Berufe, wie jeder Spanier. Vormittags bei einer Firma, nachmittags bei einer anderen. In Spanien verdient man so wenig, daß man nur halbtags arbeitet, meistens, hier, dort, und wer ein Künstler ist wie Adolfo Arino, kann eine Familie nicht von seiner Kunst ernähren. Und er bewundert die, denen es gelingt. Er weiß, was Opfer sind, Opfer für die Kunst.

Er hat zu mir gesagt: Zeichne. Du mußt viel zeichnen, dann wirst du berühmt. Wenn du berühmt bist, kannst du verkaufen, vorher nicht. Zeichne den ganzen Tag, zeichne alles, was dir unter die Augen kommt. Damit deine Hand leicht wird. Sie muß es von selbst tun, ohne daß du viel schaust. Zeichne Hände, Füße, zeichne Gesichter, zeichne aber auch Möbel, Kleinigkeiten, alles zeichnest du, dann wird es flüssig, wie eine Handschrift. Schreiben kann jeder, aber die Handschrift muß man erlangen durch viel Übung. Genauso ist es beim Zeichnen. Zuerst plagst du dich, später geht es von selbst. Das kostet viel Mühe, viel Aufmerksamkeit, viel Zeit. Und viele Opfer. Der Künstler kann nicht leben wie jeder Mensch. Er steht außerhalb der Gesellschaft, er braucht nicht mitzumischen, er macht sich nicht schuldig. Der Künstler kann ein Engel sein, wenn er es richtig anpackt. Wenn er versteht, beides zu vereinen, die Kunst, das Leben.

Herr Arino sah mich Fotos abzeichnen, Fotos von Miguel, Kindheitsfotos. Ich wollte Miguel eine Freude machen. Immer Miguel, von früh bis spät. Was Miguel will, was Miguel sagt. Gehorsam. Ich übte mich in der Disziplin, zu der sie mich nicht erzogen hatten, ab einem bestimmten Alter.

Schreib nicht »Mein Gehirn!« ermahnte mich mein Vater, als er einen Briefanfang las, an Miguel.

Mi cerebro. Das verstehe ich, was das heißt, ich kann Latein, sagte Papa. Mein Gehirn nennst du ihn? Denkt er für dich? Du hast selber ein Hirn, merke dir das! Du brauchst es nicht, daß ein anderer dir deinen Kopf ersetzt.

Papa hat immer so wenig gesagt und ist gleich gegangen, leider. Ich habe ihn daher nicht ernst genommen, nie, meinen Vater nur dann ernstgenommen, wenn es um sein Leben ging, und meine Mutter sagte manchmal: Sonst hängt sich der Papa auf, das überlebt er nicht, der Papa, da kränkst du ihn, da verlieren wir den Papa.

Miguel hat einen Schatten über Fernando gelegt. Er spricht den Namen so oft aus, daß ich bei der Erwähnung des Namens einen Schmerz fühle, der ganz ich bin, ich bin dann Fernando. Ich habe mit Fernando etwas gehabt, ich sitze hier und bin er, ich bin die Stellvertreterin für Fernando, ich bin schuldig für alles, was Fernando mit mir getan hat. Ich weiß nicht mehr, wer Fernando sein soll, ich kenne ihn nicht mehr, habe nie einen Fernando gekannt.

Was will Miguel, warum fragt er immer wieder! Denkst du jetzt an Fernando? Warum schaust du so, hast du vorhin an Fernando gedacht? Was denkst du, wenn du an ihn denkst?

Ich denke nie an ihn, ich habe ihn vergessen, nur, wenn du von ihm redest, fällt er mir wieder ein.

Was fällt dir denn dann ein? Hast du mir wirklich alles über Fernando erzählt? Sag die Wahrheit. Berichte es mir, es ist besser, wenn du mir alles sagst. Manchmal denke ich, es wäre besser gewesen, ich hätte Miguel von Anfang an belogen: Ja, ich habe mit Fernando geschlafen. Aber es wäre eben eine Lüge gewesen. Mit einem Mann in einem Bett liegen oder mit ihm schlafen ist ein Unterschied, das wußte ich sogar damals in meiner Unerfahrenheit. Daß Fernando es versuchte, ja, aber ich habe es doch vergessen, es war nicht so wichtig, ich wollte es erleben und dann vergessen, vielleicht sollte ich das sagen, daß ich es erleben wollte. Aber dann würde er fragen: Was, was wolltest du erleben? Und ich weiß die Worte nicht. Die Worte, die es dafür gibt, die Vokabeln, die Bezeichnungen, was ein Mann mit einer Frau tut.

Das geht doch ihn nichts an, das war doch mein

Leben, und er nimmt es mir, reißt es von mir weg, jedes Detail, wenn ich es einmal gesagt habe, zieht er es von mir weg, mein Leben, Stück für Stück.

Ich will ihm nicht sagen, was mit Fernando war, schon weil ich es mir selbst nicht sagen möchte. Es genügt doch, daß es war, und es ist vorbei, warum reitet er darauf herum, das war doch meine Angelegenheit, mein Fernando. Wenn er überhaupt jemals meiner war.

Um zur Flasche zu gelangen, die im Wohnzimmer auf einem Regal stand, schlich ich durch den Gang, an dem auf dem Sofa schnarchenden Herrn Arino vorbei. Ich füllte mir den Mund mit Likör und trug die süße Beute in mein Zimmer, schluckte erst dort. Ich träumte von Adalberto, wie er auf einem Stuhl stand und mir etwas vorlas, dann küßte er mich. Ich träumte von einer schlanken blauen Vase, die ich gemalt hatte, und das Bild beglückte mich.

Mit Miguel konnte ich über Träume nicht sprechen. Er lachte oder sagte: Wie schön du redest. Meistens aber war das, was ich sagte, nur eine Dummheit.

Ich ging in die Kirche, um ein wenig geborgen zu sein, aber die Predigt des Priesters handelte vom spanischen Heer, das Gott beschützen solle, und ich ging wieder hinaus.

Miguel rief mehrere Male am Tag aus Toledo an. Ich schrieb ihm, wie er es wünschte, dreimal täglich. Er erzählte von der Militärakademie, wie schwer es für ihn sei, sich nach den anstrengenden Unterrichtsstunden zu konzentrieren. Er könne seine Gedanken kaum noch ordnen.

Wenn ich an Samstagen auf ihn wartete, stellte ich mir vor, wie er mit 90 Kilometern in der Stunde auf der Straße von Toledo nach Madrid gegen einen Baum fuhr.

Dann kam sein grünes Auto, und er stand in Uniform an der Tür.

Wenn er gegen einen Baum fährt, dachte ich am nächsten Samstag, packe ich meinen Koffer, fahre heim und sage: Der Verlobte ist tödlich verunglückt.

Das wäre ein triftiger Grund gewesen, heimzufahren und zu gestehen, daß nun also nichts aus allem geworden war.

Ich saß im Zimmer und schaute zu, wie es regnete. Manchmal kam Pili herein, holte etwas und ging wieder ins Wohnzimmer. Ich aß Schokolade, rauchte, nahm mir vor, etwas zu schreiben.

Der Regen fiel vor dem Fenster herab, ich suchte einen Faden, sah aber vor mir im Geist nur ein Knäuel, das ich nicht entwirren konnte.

Ich schaute in den Schacht zwischen der Hausmauer gegenüber und meinem Fenster und versuchte mir vorzustellen, wie das schmutzige Regenwasser in Bächen zur Avenida de las Islas Filipinas hinunterfloß.

Vor dem Einschlafen blickte ich so lange auf das Kalenderblatt mit der Winterlandschaft, das neben meinem Bett hing, bis ich mir vorstellen konnte, mit Burli und Wurz den Sankt-Peter-Berg hinuntergefahren zu sein und nun in die Stadt hineinzugehen, heim, zu meiner Mutter, und bei ihr ein Glas heißen Tee mit Rum zu trinken.

Abends wurden im Fernsehen Ausschnitte aus Stierkämpfen in ganz Spanien gezeigt, und Herr Arino lobte oder tadelte die Toreros, je nachdem, ob sie schnell oder langsam töteten.

Wenn du mich liebst, dann zeichnest du keinen nackten Mann.

Ich habe nur auf sein Gesicht geschaut und das Gesicht gezeichnet.

Ich will nicht, daß du einen anderen nackten Mann als mich siehst.

Ich habe ihn nicht angeschaut. Nur das Gesicht. Geh nicht mehr hin.

Wir sitzen in einem Saal. Vorne steht entweder eine nackte Frau oder ein nackter Mann. Ich kann es mir nicht aussuchen.

Geh nicht mehr hin, ich bitte dich.

Wenn ich Medizin studiere und Ärztin werde, muß ich nackte Männer ...

Du studierst aber nicht Medizin.

Warum soll ich nicht alles tun, was in der Schule für die Prüfungen verlangt wird?

Wenn du mich liebst, höre auf mich und nicht auf die Lehrer.

Also gut.

Wir fuhren in die Finca des Tio Alberto und der Tia Nieves, ziemlich weit entfernt von Madrid, in einer

Landschaft, die nicht mehr eben war, sondern sogar bewachsen von Sträuchern und mit ein wenig Wald. Der Tio war groß, schlank und dunkelhaarig. Er hatte braune, gütige Augen. Seine Frau war sehr klein und lebendig, mit weißen Zähnen, und sie war die Schwester von Miguels Vater. Die beiden empfingen uns. Wir aßen in einem Hof zu Mittag, der an einen Garten grenzte. Es war ein sehr schöner Sommertag, August 1969. Am Abend wollte der Onkel lange aufbleiben. Er sagte, daß in der Nacht die Mondlandung im Fernsehen übertragen würde. Er wollte sich das anschauen, wie die ersten Amerikaner auf dem Mond landen. Die ersten Menschen überhaupt.

Er trug ein kurzärmeliges Hemd und führte uns auf der Finca herum, zeigte mir seine Lieblingsplätze, redete mit mir wie mit Miguel, aber ich fühlte mich einer solchen Behandlung nicht würdig. Ich wußte, daß ich eine Ausländerin war, die besser still zu sein hatte. Deshalb blieb ich wortkarg. Miguel fragte den Onkel vieles. Auch sein Vater mischte sich ins Gespräch ein. Aber ich wollte nur reden, wenn ich gefragt wurde, und der Onkel fragte mich nichts.

Irgendwie, kam mir vor, müßten wir uns vor dem Onkel schämen. Er war ordentlich verheiratet, er hatte ordentlich seine Kinder gezeugt, und Miguel und ich betrogen die ganze Gemeinschaft, die aus ordentlichen Menschen bestand. Sogar Carmen war eine anständige Frau. Sie konnte hier lachen. Niemand warf ihr vor, daß sie ihren Mann verlassen hatte. Man behandelte sie gut.

Am Nachmittag, zur Siesta, legte ich mich in das Zimmer, das sie mir zeigten. Neben Tante Rosario, die schon schlief und schnarchte, lag ich im Doppelbett. Ich schaute auf die hohe Decke des Zimmers. Miguel lag jetzt in einem anderen Zimmer. Ich sehnte mich danach, mit ihm in einem Zimmer liegen zu dürfen. Was würde das für ein schönes Leben sein, jeden Tag, nach dem Mittagessen.

Am nächsten Tag erzählte uns der Tio Alberto von der Mondlandung. Die Männer seien dort torkelnd und halb schwebend herumgegangen. Man habe es nicht sehr genau gesehen, aber er sei dankbar, daß er das habe erleben dürfen. Sein Leben sei jetzt erfüllt.

Im Bürgerkrieg hatte man ihn in den Arm geschossen. Er trug noch immer die Folgen der Verletzung, in Form einer leichten Verkrüppelung, die seinen Arm steifmachte.

Nachdem wir uns verabschiedet hatten, stieg ich in die Schuhe, die vor dem Gartenzaun standen. Ich fuhr mit einem Fuß hinein und spürte etwas Spitziges. Dann zog ich den Fuß heraus. Ein Insekt hing daran. Wahrscheinlich eine Biene.

Una avispa, sagte Miguel.

Una avispa! rief der Vater.

Sie lachten. Ich weinte. Mich hatte eine Wespe gestochen. Der Fuß schwoll an. Auf der Fahrt jammerte ich. Ich solle nicht so wehleidig sein. Nicht so viel Theater machen. Nicht Eindruck schinden. Sie macht sich interessant. Sie will beachtet werden. Sie ist ja so verwöhnt!

Ich hielt den Fuß in die Höhe, als ich allein in dem Zimmer lag, das Miguel und sein Vater mir auf der Granja in Criptana zugewiesen hatten. Miguel schlief bei ihm im Ehebett.

Wenn doch Miguel jetzt hier wäre.

Ich stieg im Zimmer herum. Dann legte ich mich wieder nieder. Im Fuß pochte es. Mir war heiß. Ich wurde durstig. Aber ich wußte nicht, ob sie aufwachten, wenn ich hinaushumpelte.

Die Menschen landeten auf dem Mond, und niemand half mir, den Fuß zum Schweigen zu bringen, in dem es summte und tobte. Auf einmal haßte ich die Männer, die nebenan schliefen. Ich traute mich nicht, sie zu wecken. Miguels Vater konnte sehr böse werden. Er war jähzornig. Ich mußte an meine kleine Schwester denken, die an einem Bienenstich gestorben war, weil meine Mutter sich nicht traute, aus dem Bett zu steigen.

Ich zeichnete etwas. Miguel und sein Vater fanden, daß es nicht gut war. Ich zerriß es.

Miguel schrie: Was machst du?

Ich habe es zerrissen, sagte ich.

Was machst du, schrie er, du zerreißt einfach etwas, was nicht gut ist?

Ich lief ihm nach, riß ihm das Hemd auf, zog an seinem Hemd, wollte ihm die Brust blutig kratzen, wollte kämpfen, ihn erwürgen, sein Vater stand lachend neben uns: Die Verliebten, sagte er.

Miguel lachte auch, hielt meine Hände fest. Gib mir einen Kuß.

Ich gebe dir keinen Kuß, jetzt nicht!

Die Verliebten, sagte sein Vater, und ich dachte: So ist die Liebe.

Ich hasse dich, ich hasse dich, wollte ich schreien, aber er lächelte, hielt meine Hände, sein Vater lachte. Die Verliebten. Vaya, qué bestia me has salido, sagte Miguel ruhig. Was für ein Raubtier ist aus dir geworden, na, du hast ein Temperament.

Ich hätte ihm gern das Gesicht zerkratzt, ich haßte ihn wie nie einen Menschen auf der Welt, ich wollte ihn töten und gehen, denn nur wenn ich ihn umbrachte, konnte ich nachher weggehen, solange er lebte, tat er mir ja leid.

Ich blickte aber zu ihm auf, seit ich befürchtet hatte, bei dem Manövern konnte ihm etwas zustoßen. Ich wußte nicht mehr, was ich empfand, ich sagte zu Ingrid, als sie mich besuchte: Ingrid, ich will weg, sie sind so primitiv, sie schmatzen beim Essen, reißen nur Witze, sehen fern, sehen nur Fußball, ich sitze da, ich fühle mich nicht wohl hier.

Sei doch froh, sagte sie, das sind einfache Leute, sie sind Menschen, ich bitte dich, was willst du denn in Wien? Der Miguel ist so ein guter Mensch, ich habe es gesehen. Er liebt dich, er kümmert sich um dich, er macht sich so viele Gedanken über dich, er hat im Auto über dich geredet, eine Stunde lang, nur über dich. Das würde ich mir wünschen, daß ein Mann sich so für mich interessiert wie er für dich. So einen Mann kannst du in Österreich suchen wie eine Nadel in einem Heuschober, und du wirst ihn nicht finden!

Warum erkennen es immer die anderen, dachte ich, warum nicht ich. Wenn meine Mutter es sagt, wenn Ingrid es sagt, wenn Miguel es sagt.

Eusebio wird mit Ingrid anbandeln, sagte er.

Ich übersetzte es ihr. Ich war gewöhnt daran, daß alles zu übersetzen ist. Sie machte ein betretenes Gesicht.

Er ist nett, sagte ich. Sehr, sehr nett.

Sie blieb betreten. Es tat mir leid, es übersetzt zu haben. Im Auto, als Eusebio kam, flirtete ich mit ihm und Miguel. Ich wollte Ingrid zeigen, daß Anbandeln nichts ist, worüber man betreten sein mußte. Ich machte Späße, schob den Rock hinauf, zeigte ihr meine Knie.

Zieh den Rock hinunter, sagte Miguel.

Aber Miguel, sei nicht so.

Zieh den Rock hinunter, oder du wirst mich kennenlernen. Ich löse die Verlobung.

Gut. Ich war froh. Sie ist gelöst. So leicht hat sie sich gelöst. Ich war so glücklich, daß es mir nichts ausmachte, als Miguel mit Ingrid im Auto wegfuhr, zu ihrem Hotel. Eusebio stand in der Wohnung von Miguels Vater herum. Dann setzte er sich.

Ich bin schuld, sagte er.

Du bist an nichts schuld, sagte ich.

Er kommt nicht, sagte Eusebio nach einer Weile.

Du bist an nichts schuld, Eusebio, sagte ich.

Er saß und wartete. Er wartete eine Stunde.

Ich ging hin und her, setzte mich, stand auf. Ich war nur froh.

Hoffentlich ist nichts passiert, sagte Eusebio.

Was soll denn passieren?

Sie kommen so lange nicht. Vielleicht schläft er mit ihr?

Das ist mir egal, sagte ich.

Um so besser, dachte ich, und als sie kamen, sagte Ingrid: Ich habe mit ihm geredet. Nur geredet. So einen Mann findest du nicht in Österreich. Er hat nur über dich geredet. Bitte, laß ihn nicht stehen.

Mich hatte noch nie ein Mann und auch sonst niemand eine Königin und eine Göttin genannt, ein Wesen, ein Alles, denn in Österreich sagte man solche Dinge nicht. Dort nannte mein Vater meine Mutter manchmal Herzerl und Hennerl, und in Filmen gab es Liebeserklärungen, aber in Österreich sagte man nur »i mag di« oder »i steh mir's auf di«, aber Miguel sagte »ich liebe dich mit allen meinen Kräften« und »ich liebe dich aus all meiner Seele«, »ich kann ohne dich nicht leben«, »eher sterbe ich, als daß ich ohne dich bin«, »du bist mehr als die Luft, die ich atme«, »ich liebe dich heute mehr als gestern und sehr viel weniger als morgen«. Und ich glaubte es.

Die Liebe ist nicht in Wien zu Hause, die Liebe wohnt in Spanien, dachte ich. Die Liebe braucht ein flaches Land, eine Ebene, die Liebe braucht gute Speisen, Wein, die Liebe braucht eine Sprache, Liebe ist nicht, wo Straßenbahnen fahren, graue Häuser stehen, Liebe ist nicht, wo Spott, wo Zynismus, wo Satire, Sarkasmus, wo Theater gespielt wird, Liebe ist, wo ein Mann, ganz einsam, in einer Kaserne, hinter einem Gitter, wo sie ihn schlagen, wo sie ihn einschließen, wo ein Bunker aus Beton ist, wo ein Mann wartet, auf Briefe, wo ein Mann zur Tür rennt: Hat jemand für mich angerufen, ist ein Brief gekommen?

Liebe ist, wo einer Pläne schmiedet: Ich komme da heraus, wir heiraten und werden glücklich.

Dazu, daß er heil herauskommt, dazu verhelfe ich ihm. Ich weiche nicht von seiner Seite, ich gehe erst, wenn er frei ist. Wenn er aus der Kaserne herausgekommen ist, fertig mit allem, werde ich ihm langsam, schonend beibringen, daß ich ihn liebe, daß ich ihn gern habe wie einen guten Freund, daß ich ihn als meinen Freund brauche, aber heiraten? Fürs ganze Leben an ihn gebunden sein, von ihm nicht wegdürfen, nur weil ich einmal mit ihm geschlafen habe, und dann nie mehr, denn der Rest, das war ja, weil er es wollte, mit mir üben, und die Übungen haben zu nichts geführt, die Übungen haben nur bewirkt, daß ich mich unsicher fühle ohne ihn. Und was Befriedigung ist, weiß ich nicht. Weil ich ja nicht weiß, was Lust ist.

Miguel, ich wäre gern eine Schauspielerin geworden, sagte ich.

Und warum bist du keine geworden?

Ich weiß es nicht.

Ich sage dir, warum. Weil du Angst gehabt hast, daß du keinen Erfolg haben wirst.

Das war es nicht.

Was dann?

Ich habe Regieassistenz gemacht bei einem Mann, der war auch in der Prüfungskommission für das Seminar, in das ich gern aufgenommen worden wäre. Und ich hätte mich geniert, wenn er unten sitzt und zuschaut, wie ich oben auf einer Bühne versuche, für eine Prüfung ein ganz anderer Mensch zu sein.

Brief der Mutter. Der Vater erlaube eine Heirat nicht. Ich war erleichtert. Miguel sagte, nun könnten seine Verwandten sehen, daß meine Eltern nicht darauf aus seien, ihre Tochter mit einem Offizier in die Ehe zu jagen. Denn alle spanischen Eltern wären froh, wenn ihre Töchter zum Militär heirateten. Aber nun könne er seinen Verwandten beweisen, daß ich keine berechnende Person war.

Es ist sehr gut, daß sie nein sagen. Und nun schreibst du ihnen, daß du heiraten willst.

Das kann ich nicht, sagte ich.

Dann werde ich es tun.

Er setzte einen langen Brief auf. Ich übertrug ihn ins Deutsche. Er sagte: Unterschreibe. Da unterschrieb ich.

Ich dachte, das sei nur ein Name. Und sie würden schon merken, daß ich einen so wüsten Brief mit Beschimpfungen und Erpressungen niemals allein schreiben würde. Daß er dahintersteckte. Und ich hoffte, sie würden kommen und mich befreien.

Nach einigen Tagen kam die Erlaubnis. Mein Vater persönlich hatte sie geschrieben. Es war der einzige Brief, den ich in meinem Leben von ihm bekam. Meinen Segen habt ihr, stand drin.

Segen. Mein Vater segnet. Also muß an Miguel etwas dran sein, ja, ich will es fest glauben.

Adalberto hatte angerufen, gesagt, er würde mich

gerne sehen, mich abholen, und ich besprach es mit Miguel.

Geh hin, sagte er, bitte ihn um meine Gitarre, daß er sie zurückgeben soll, dann weiß er, daß du mir alles erzählst, dann besteht von ihm keine Gefahr. Wir trafen uns vor der Haustür, gingen in ein Lokal, das am Nachmittag leer war. Was hast du vor, fragte er, was machst du die ganze Zeit?

Ich gehe auf die Sprachenschule, ich zeichne ein bißchen.

Und sonst?

Ich warte darauf, daß Miguel aus der Kaserne kommt, dann heiraten wir. Er wird nach Mallorca oder nach Melilla versetzt, in Afrika. Später dann leben wir in Madrid oder in Barcelona. Vielleicht bleibt er auch nicht beim Militär.

Du bist zu jung zum Heiraten, heirate bitte nicht.

Das Gespräch floß nur leise. Adalberto erzählte etwas, ich dachte an Fernando, Adalberto fragte, was mit Fernando sei.

Nichts, sagte ich, ich liebe Fernando nicht.

Er erzählte, er modelliere jetzt, in seiner Freizeit, er studiere, und er werde sein Studium abschließen. Er redete englisch mit mir, aber sein Englisch war schlechter, seit er Deutsch lernte. Er sagte, er modelliere Köpfe, er verbessere seine Ausbildung in Gesang.

Es kam niemand ins Lokal. Es war, als säßen wir zur Strafe hier oder ich zur Strafe für etwas, das ich nicht verstand. Als wir gingen, war ich froh, in meine Freiheit zurückzukehren: Zimmer, Briefpapier, Zigaretten, an Miguel denken. Miguel tat mir leid. Sie lebten in Freiheit, Eusebio, Adalberto, auch Fernando, und Eduardo in Kolumbien, alle waren sie frei, und er nicht, Miguel hatte recht. Es war abscheulich von Adalberto, die Verlobte eines braven Mannes darauf aufmerksam zu machen, daß sie zu jung zum Heiraten war. Und was ging es Adalberto an?

Miguel fragte, wie das Treffen verlaufen sei, ob Adalberto die Gitarre gebracht hätte.

Nein, sagte ich, und erzählte ihm alles.

Ich werde ihm wegen der Gitarre schreiben, sagte er. Wenn er dich anruft, sagst du ihm, daß du keine Zeit hast. Oder möchtest du ihn noch einmal sehen?

Nein, sagte ich, er interessiert mich nicht.

Ich bekam noch einen Anruf von Adalberto, er nannte sich Candelabro, das war sein Deckname gegenüber Frau Arino. Ein Herr Candelabro will dich sprechen, sagte sie.

Dem Candelabro sagte ich, daß wir uns nicht mehr treffen könnten.

Er fragte: Warum?

Dann sagte er: Ich glaube, ich verstehe. Ich wünsche dir alles Gute.

Einen Faden finden. Den Faden zu meinem Lebensknäuel. Das ist alles verworren, das Knäuel liegt vor mir. Ich möchte den Anfang des Fadens finden und ihn herausziehen, herauslösen aus dem Knäuel, ganz langsam. Wenn ich den Anfang hätte.

Mallorca

In Mallorca wirst du die leichten Kleider nie ausziehen, sagte Carmen, dort ist immer nur Sommer. Miguels Vater versprach, uns zu besuchen. Wir stellten eine Hochzeitsliste auf, mit Geschenken, die wir brauchen würden. Kochgeräte, Geschirr, Haushaltswaren. Die Liste wurde unter den Verwandten verteilt. Jeder konnte sich aussuchen, wofür er sorgen wollte.

In einem Madrider Hotel besuchten wir Heinz Papke, einen Freund Muttis. Er überreichte mir als Mitbringsel eine Cassette mit winzigen Parfumflaschen. Er hatte beruflich in Spanien zu tun, und auch er versprach, uns in Mallorca zu besuchen.

Ich erwartete immer, wenn ich den kleinen Mann sah, daß er etwas von meiner Mutter erzählen würde. Etwa, daß er sie unsterblich geliebt habe. Aber er blieb verschlossen und sachlich, mißgestimmt, eigentlich ein sehr unwirscher Mensch.

Ich fuhr nach Hause, nach Österreich, um ein Brautkleid nähen zu lassen. Miguel flog nach Mallorca.

In Österreich war meist kaltes Wetter, ich aß nicht viel, wurde mager, bekam Besuch von meinen Freundinnen, sagte ihnen, daß ich lieber nach Südamerika auswandern würde, Mutti hörte es und antwortete nichts, die Hochzeit war beschlossen, ich wußte nicht mehr, von wem.

Wir überflogen den Montblanc, wie der Kapitän erklärte, und hinter mir unterhielten sich Wiener Urlauber über ein Salatblatt. Und ob der Mitreisende seinen Paradeiser auch noch verzehren wolle. Als wir auf Mallorca landeten, beneidete ich die beiden Herren darum, daß sie in 14 Tagen wieder zurückfliegen konnten und wußten, wo ihr Zuhause war.

Ich lebe einmal da, einmal dort, sagte ich zu der älteren Frau, die neben mir im kleinen Bus saß, der über den Flughafen fuhr, zum Ankunftsgebäude. Ich arbeite in einem Büro. Ich kann Englisch, Französisch, Spanisch und Deutsch. Wenn es mich nicht mehr freut, gehe ich in ein anderes Land und arbeite dort.

Dann kamen wir an. Ich stieg aus und wußte, daß ich umkehren müßte. Zurück zum Bus. Aber wer läßt mich einsteigen? Zurück ins Flugzeug. Und wohin dann? Zu Tante Gitta nach Wien. Zu meiner Mutter. Nach Barcelona. Und in Barcelona dann, irgendwo, das Weite suchen. Zurück nach Frankreich. Noch einmal anfangen, daheim. Aber es war undenkbar.

Im Flughafengebäude sah ich unter den Wartenden Miguel zusammenzucken. Er hatte wieder längeres schwarzes Haar, war sehr blaß und auch wieder so mager wie auf der Farm.

Liebling, sagte er, und dieses Liebling hatte ich schon vergessen. Ich habe wieder keinen Namen, dachte ich. Seine Stimme klang hoch und gepreßt, wie die seines Vaters.

Ich spürte, daß ich ihn nicht liebte. Lieber Gott, was ist geschehen, mach, daß ich ihn wieder liebe. Wir standen bei der Gepäckausgabe und warteten auf meinen Koffer. Es war mir peinlich, ihn anzusehen.

Sie haben gemeldet, daß das Flugzeug Verspätung hat, sagte er. Ich habe mich gefragt, was ich mache, wenn es abgestürzt ist, und die Antwort, die ich mir gegeben habe, war, daß ich dann zum Auto gehe und aus dem Handschuhfach die Pistole nehme und mich erschieße, denn ohne dich will ich nicht leben.

Wir fuhren auf einer breiten Straße Richtung Palma. Unterwegs standen schwarze Reklame-Stiere an den Rändern, Veterano Osborne. Er setzte mich in einem Hotel ab, »Hotel Europa«, wechselte ein paar Worte mit der Besitzerin, flirtete mit ihr, begleitete mich hinauf ins Zimmer, das sehr ärmlich war, und ich bat ihn, mit mir zu schlafen. Wenn ich seinen Schweiß roch und seine Haut spürte, würde ich zu ihm zurückfinden.

Aber ich fand nur halb zurück. Es wurde an die Tür geklopft, er solle das Zimmer verlassen. Als er gegangen war, stellte ich mich an das winzige, längliche Fenster und spähte hinaus auf die Gasse. Draußen war es sonnig.

Im Wohnzimmer kam es zu einem Gespräch zwischen Papa und mir. Es war sehr kurz.

Bist du glücklich, fragte Papa, und ich sagte:

Ja.

Er stand auf und ging an mir vorbei aus dem Zimmer.

Ich glaube nicht, daß jemals irgend jemand so geheiratet hat wie ich. Wenn ich nicht ja sage vor dem Altar, jagt er mir eine Kugel in den Kopf.

Ich ließ die Zeremonie über mich ergehen, standesamtliche Trauung, kirchliche, dann hatten wir es hinter uns.

Nun war ich aber ungültig verheiratet und hatte einen Zeugen: Gott, auf den ich in der Stiftskirche von Wilhering wieder gekommen war, beim Anblick des hohen, dunklen Altars.

Heidrun und Mark saßen im Wohnzimmer, ohne zu reden. Es war dunkel. Sie hörten Musik, das Radio war leise aufgedreht. Nach einer Weile lachten sie. Heidrun sagte: Das sind keine normalen Zigaretten, die wir da rauchen, wollt ihr probieren?

Ich machte einen Zug, dann ließ ich mir eine halbe Zigarette geben. Miguel erwischte zuviel. Ich hatte, als ich die Tür zu meinem Jungmädchenzimmer aufmachte, das Zimmer gelb gesehen, wie ein Bild von van Gogh.

Miguel lachte und lachte. Er redete und redete. Dann rief er, er würde sterben. Immer wieder lachte und lachte er, er wollte nicht lachen, dann bat er wieder, meinen Vater zu holen, und er schimpfte über das Rauschgift.

Mutti kam mir in die Küche nach. Ich hab mir gedacht, ich schlucke es, sagte sie. Ich habe etwas geschluckt. Ich will es nicht rauchen. Und wenn ihr sterben müßt, dann sterbe ich auch.

Sie tut sich etwas an, rief Miguel, Mutti, komm, du mußt sie festhalten, du darfst sie nicht hinauslassen auf die Straße, sie darf nicht auf die Terrasse gehen, sie stürzt sich sonst hinunter.

Mutti ging mit mir ins Wohnzimmer. Ich sah das Gesicht Miguels einen Meter groß im Zimmer. Es war, als schwebte es einen halben Meter über dem Teppich.

Mutti, ich habe soviel Angst.

Sie gab mir zwei Beruhigungstabletten, und nach einer Weile war ich wie betrunken.

Sie fährt mit, sagte Miguel, und damit war es entschieden.

Wir fuhren auf den Hauptbahnhof nach Linz, von dort zum Westbahnhof Wien. Miguel trug einen Jagdhut, den ihm mein Vater geschenkt hatte und der ihm auf seinem großen Kopf etwas zu klein war.

Dann flogen wir wieder nach Palma.

Miguel, ich möchte einen Haushalt führen, sagte ich.

Einen Haushalt? Du?

Ja. Ich möchte in einer Wohnung leben. Aber hier haben wir doch alles! Frühstück, Mittagessen, Nachtmahl. Und du kannst doch nicht einmal Schuhe putzen.

Aber ich will es lernen.

Also gut, wenn du wirklich willst? Aber die Schuhe putze ich, sagte er.

Ich las »Tote ohne Begräbnis«. Je öfter das Wort »tot« im Text vorkam, um so mehr wunderte mich Sartres leichter Umgang mit dem Wort. Schon wieder stand da »tot«.

Was hieß »tot« überhaupt?

Ich schaute durchs Fenster. Draußen standen Autos. Unendlich viele Autos waren geparkt, und hin und wieder kam ein Brausen vom Fußballplatz herüber.

Tot, das hieß, daß das Nichts begann. Konnte überhaupt etwas, was nichts war, beginnen? Und was war das Nichts überhaupt?

Ich will nicht im Nichts sein, dachte ich, ich will nicht nichts werden, ich muß etwas tun, damit ich dem Tod entgehe.

Ich begriff, daß ich sterben würde. Ich war 20 Jahre alt. Ich mußte etwas tun, damit man einmal wußte, daß es mich gegeben hatte.

Tote ohne Begräbnis. Widerstandskämpfer sitzen in einem Büro, werden verhört. Die Gestapo hat alle, die sie erwischen konnte, verhaftet. Die, die aussagen unter der Folter, verraten die, die noch auf der Straße leben.

Wie kann man die Folter umgehen? Wie kann man unter einer Folter nicht aussagen?

Die Ausweglosigkeit der Situation, und wieder das Wort.

Ich las Lion Feuchtwangers Goya-Roman. Der

Maler, in der Einsamkeit, mit den Kerzen, die er in der Nacht auf seinem Kopf hat, um in der Dunkelheit ein Bild malen zu können.

Zwei Jahre, dachte ich. Er wird zwei Jahre brauchen. Er wird mich gehen lassen. Er wird mich, wenn er mich gehen läßt, nicht suchen. Er wird mich dann in Ruhe lassen für den Rest meines Lebens.

Ich muß mich ihm verweigern, sagte ich mir. Ich muß konsequent bleiben. Er muß sehen, daß es sinnlos, daß er ohne Chance ist.

Wir fuhren Wohnungen anschauen, probierten Betten aus, auch wenn die Wohnungen uns nicht gefielen, legten uns in Betten hinein, bevor wir sagten: Es ist uns zu dunkel, es sieht aus wie ein Hotel.

Er ging mit mir noch eine Wohnung anschauen, die in einem Neubau lag, in einer ruhigen Gegend, Pedro Martell hieß die Gasse.

Wer war Pedro Martell? fragte ich.

Ich weiß es nicht, sagte er.

Zu der Wohnung führte eine breite Stiege. Die Tür war dunkel, ein Mann sperrte auf und führte uns durch die Zimmer. Es gab viele Einbauschränke und Betten. Der Mann erklärte, die Besitzer hätten die Wohnung gekauft, als Kapitalanlage, und nun vermieteten sie sie, um das Geld wieder hereinzubringen.

Nachdem der Mann gegangen war, sagte Miguel: Schnell, zieh dich aus.

Ich gehorchte, aber als er nackt vor mir stand, wollte ich plötzlich nicht.

Ich liebe diesen Mann doch gar nicht, um Gottes willen, warum kann ich es nicht sagen. Daß ich ihn gern habe. Aber nicht liebe. Wie peinlich.

Wir schliefen miteinander, und ich fühlte mich schlaff. Irgendwie ermattet, bevor sie begann, diese Routine. Auf einmal war er in mir. Und dann bereitete es ihm Spaß. Dann lag er neben mir. Und dann mußten wir uns anziehen.

Ich will nicht mehr mit dir schlafen, sagte ich.

Er zog sich an. Wir würden hier mit seiner Mutter wohnen, er habe sie schon angerufen, sie sei unterwegs zu ihm, mit einem Schiff, wir würden sie vom Hafen abholen, sie würde hier für uns kochen und den Haushalt führen, dann könnten wir zu dritt immer zusammensein.

Es war ein Eckhaus mit durchsichtigen Wänden. Wir sahen von allen Seiten auf die Straße und wurden gesehen. Es wurde früher dunkel. In Wien ist es kalt im Winter, dachte ich. Es war schon Oktober.

Ich bleibe da, sagte ich.

Als er den Kauf abgeschlossen hatte, sah ich nur meine Knie, wie ich im Auto saß, wie die Knie von Nylonstrümpfen bedeckt waren, und meine Schuhe, in denen meine Füße steckten, ich hatte Angst.

Der Einbauschrank war aus Holz, und an ihn lehnte ich die Stirn. Ich dachte, ich müsse den Revolver finden, den Miguel im Schrank abgelegt hatte. Mit einem Schuß würde ich meinen Kopf beseitigen.

Ich riß die Tür auf, suchte, griff mit den Fingern in alle Fächer, zog Laden heraus.

Dann kam Miguel zurück, mit seiner Mutter.

Natürlich, im Auto hat er die Waffe, dachte ich.

Ich stellte mich in der Fleischhauerei an. Wem sollte ich es sagen? Ich war eine Ausländerin, fast eine Touristin in den Augen der Frauen, die hier einkauften. Ich wartete, bis ich drankam. Das einzige, was diese Frauen mir antworteten würden, wäre: Fahren Sie heim.

Von wo soll ich Ihnen ein Stück abschneiden? scherzte der Fleischhauer und hielt sein breites Messer an meine Schulter, nachdem ich gezeigt hatte: Von der Kuh, hier.

Ich wußte, daß eine Kuh keine »hombros« hatte, daß »Schulter« irgendwie anders hieß bei so einem Tier.

Miguel brachte ein totes Ferkel. Ich zerlegte es mit Hilfe der Putzfrau, Flores, die einmal in der Woche auf einem Motorrad kam. Sie wohnte außerhalb von Palma in einer Siedlung. Wenn sie in der Wohnung war, verkroch ich mich. Manchmal legte ich mich aufs Sofa und las.

Was tun Sie, Señora? fragte sie. Ich lese.

Was lesen Sie denn?

Ein Buch.

Bücher! Bücher! Romane! Romane! rief sie. Ich lese nicht.

Was tun Sie denn mit Ihrem Geld?

Ich kaufe mir etwas Ordentliches zu essen. Essen Sie nicht gern?

O ja. Aber ich mache auch gerne Reisen. Dafür spare ich.

Reisen! Reisen! rief sie. Was kann ich mir mitnehmen ins Grab, wenn ich sterbe? Meine Reisen oder das, was ich gegessen habe?

Ich lernte Eidotter verrühren mit Zucker und Stärkepuder, Milch dazu, Zitronenschale, einmal aufkochen, das dann über mit Milch und Cognac getränkte Biskotten legen, ein bißchen heiße Kochschokolade dazwischen, und noch ein paar Tricks, dann schiebt man das Ganze ins Rohr. Anschließend stellt man es in den Eiskasten, und später ist die Himmelsspeise fertig.

Miguel und ich aßen wie früher Heidrun und ich, von einem Teller, jeder auf die Seite des andern zufressend.

Schau in den Spiegel, rief er und zerrte mich vor den Spiegel zum Schlafzimmer. Ich bitte dich, schau hinein!

Mir hing das lange Haar herab.

Geh zum Friseur. Laß es schneiden. Aber komm nicht wieder mit einer Glatze heim.

Ich ging zu Damen, die es mir mahagonibraun färbten und kinnlang schnitten. Dann stolzierte ich in Palma herum.

Die Kunstgewerbeschule war wie ein riesiges Kloster, mit langen Gängen, Steintreppen, riesigen Sälen. Ich atmete auf, wenn ich in den Saal kam, in dem gearbeitet wurde. Draußen erschien mir die Welt gespenstisch. Die Sonne schien nicht mehr für mich, seit ich daran gedacht hatte, mich zu erschießen. Ich wußte, daß ich nur zufällig noch lebte, und das bereitete mir ein schlechtes Gewissen. Eigentlich habe ich gar kein Recht, hier zu sein dachte ich. Wenn die Pistole in Reichweite gewesen wäre, in jenem einen Moment, dann wäre ich jetzt schon tot. Ich fühlte mich wie außerhalb eines Naturgesetzes stehend. Für Miguel lebte ich jetzt. Nicht mehr für mich.

Schilder lesen, Gassen suchen. Eine Gasse hieß 28. Dezember. Staub im Mund, in der Nase. Schuhe zu eng.

Irgendwie fühlte sich mein Gesicht an, als ob es geschlagen worden wäre.

Ich ging zur Kunstschule und zurück. In der Wohnung malte ich Miguels Mutter.

Probiere es morgen wieder, sagte sie. Und wenn es morgen auch nicht geht, dann fotografierst du mich einfach.

Sie fuhr mit ihrem Sohn auf Ausflug. Ich stellte mich ins Badezimmer, mit der Staffelei, schaute mich genau an und begann eine Zeichnung.

George Sand und Chopin hatten einmal auf der Insel gelebt. Im Radio war der Trauermarsch zu hören.

Ich zeichnete und signierte es.

Das bist nicht du, sagte seine Mutter, als sie zurückkamen. Du hast nicht so ein dickes Gesicht. Wer ist das, fragte er. Deine Tante?

Wir zahlen nicht nur deine Malerei, wir bezahlen den ganzen Kurs, sagte Miguel, und da steht auch: Modellieren. Also geh in die Modellierklasse.

Mich ekelte bei der Vorstellung, daß ich mit Lehm arbeiten sollte. Noch mehr langweilte es mich, etwas wie mit Plastilin zu machen. Es interessierte mich nicht, und ich ging nicht in den Saal. Manchmal, wenn ich vorbeiging, öffnete jemand beim Hinaus- oder Hineingehen die Tür, und dann erblickte ich die Gestalten, die sich an Tischen mit irgendwelchen Gebilden plagten.

Statuen standen dort herum, und es gab Gipsabgüsse von Obst und anderen Kleinigkeiten. Warst du modellieren? fragte Miguel und fing wieder mit der Rechnung an: Wir bezahlen es. Also geh hin.

Ich schlich in den Saal und wurde von zwei Herren begrüßt. Einer rothaarig und groß, der andere klein und brünett mit weißen Strähnen. Haben Sie schon einmal modelliert?

Nein.

Dann nehmen Sie ein Blatt. Oder einen Apfel.

Oder eine Birne.

Ich entschied mich für einen Frauenkopf, der flach dalag, mit dem Profil nach oben. Die Unbekannte aus der Seine.

Das können Sie nicht, sagte einer der Lehrer.

Ich versuchte es trotzdem, und nach ein paar Tagen hatte ich den Kopf fertig.

Ich modellierte einen florentinischen Herrn, Büste mit Kappe, und einen Sokrates.

Warum lügen Sie uns an? Sie haben schon mindestens zwei Jahre lang einen Modellierkurs besucht!

Nein, ich bin eine Anfängerin. Das glauben wir nicht!

Es ist das erste Mal, daß ich so etwas mache.

Das ist nicht möglich!

Die beiden Herren schüttelten die Köpfe, vermuteten, daß ich log, und gewannen mich sofort sehr lieb, besonders der, der Don Jaime hieß.

Bevor es dunkel wurde, ging die hohe Tür auf, und Miguel kam in den Saal. Sein bleiches Gesicht, die lange Jacke, die Brille, sein Schnurrbart, die ganze magere Erscheinung. Er kam an meinen Modelliertisch, lächelte Don Jaime an und sagte, ich solle mich beeilen.

Er holte mich jeden Abend ab, und wir fuhren im Auto nach Hause.

Für Miguels Geburtstag hatte ich jeden Tag vom Einkaufsgeld ein paar Peseten abgespart. Ich wollte ihm Schuhe kaufen, die ich in einer Auslage gesehen hatte, hellbraun, innen und außen Leder. 800 Peseten hatte ich schon, und dann kam ein Freund aus Madrid, Miguel brauchte dringend Geld, um zu demonstrieren, daß er genug verdiente, um ein großes Mittagessen zu bezahlen, und ich gab ihm das Geld.

Ein paar Schuhe, dachte ich, als wir mit dem Freund und dessen Begleiter in einem vornehmen Restaurant aßen.

In der Kunstschule malte ich ein Bild mit weißen Blumen.

Am 17. April nahm ich das getrocknete Bild vom Brett und trug es durch die lange Straße nach Hause.

Es war ein schon sehr warmer Frühling, Staub in der Luft. Daheim stellte ich es aufs Sofa. Ich begab mich zur Tür, um es aus der Entfernung zu sehen. Von weitem sah es aus, als hätte ich ihm einen Sessel geschenkt mit einem Krug voll Margheriten darauf.

Alle Achtung, sagte er. Alle Achtung, was für ein Geschenk!

Ich habe dem Teniente Colonel erzählt, daß du ein Blumenbild gemalt hast. Er war ganz begeistert. Darf ich es noch einmal anschauen? Damit ich sehe, ob es so gut ist, wie ich gesagt habe. Es könnte sein, daß der Teniente Colonel uns besucht und deine Bilder anschaut. Wo ist es? Ich kann es nirgends finden.

Ich habe es übermalt.

Was? Du hast die Blumen übermalt? Ja.

Kann man es wieder weg tun?

Nein.

Und warum hast du sie übermalt? Weil sie mir nicht gefallen haben.

Du hast kein Recht! schrie er. Kein Recht! Kein Recht! Das Talent ist dir in die Wiege gelegt. Mir hat das Bild gefallen. Du hast kein Recht, etwas zu zerstören, was mir gefällt.

Du riechst aus dem Mund, sagte er manchmal am Abend, wenn wir im Bett lagen. Geh dir die Zähne putzen.

Ich war ihm dankbar für diese Offenheit. Mutti hatte viel geredet über anderer Leute Mundgeruch, aber stets behauptet, man dürfe das nie jemandem sagen.

Wonach riecht mein Mund?

Ich weiß nicht. Wahrscheinlich hast du etwas getrunken, was dir nicht gut tut.

Ich zeichnete am Abend Miguels und meine Schuhe, wie sie an der Wand im Schlafzimmer standen. Er sah fern. Ich zeichnete den Stoffhasen. Miguel warf ihn manchmal an die Wand. Ich holte den Hasen zurück, tröstete ihn, und Miguel warf ihn wieder irgendwohin.

Zu Mittag brachte er die Zeitschriften *Flora* und *Fauna.* Er hatte sie abonniert und freute sich über jedes neue Heft. Er legte sich ins Schlafzimmer, während ich das Mittagessen kochte. Nach dem Essen ging er zurück ins Schlafzimmer, las *Fauna* und *Flora,* drehte den Fernsehapparat auf, schlummerte dabei ein. Ich wusch das Geschirr ab. Es war am besten, das Schlafzimmer nicht zu betreten. Manchmal zog er mich hinein. Ich sperrte mich im Badezimmer ein. Er klopfte mich heraus. Dann mußte ich mich hinlegen. Ich dachte dabei an das Leben, das ich einmal führen werde, bei den Indianern in Südamerika, und töpfern, nur töpfern.

Ich wusch das Geschirr in dem Steinbecken in der Küche, das mir lieb geworden war. So oft hatte ich es schon geputzt. Es wurde immer wieder schmutzig, dann rieb ich den Stein, bis er hell war. Warm und trokken fühlte er sich an. In der Küche war ich beschützt. Auch auf dem Balkon, wo ich die Wäsche wusch. Wir hatten dort ein steinernes Waschbrett. Darauf rieb ich die Wäsche, mit Seife, mit Bürste, schwemmte sie mit »lejia«, dem Bleichmittel. Auch die Unterwäsche wurde weiß damit. Ein wenig steif auch.

Beim Bügeln preßte ich das Eisen fest auf das mittlere Stück von Miguels Unterhosen.

Du bist bei mir, und das ist mein Unglück, sagte ich zu den Hosen und den Hemden. Wenn ich dich einmal losgeworden bin, werde ich glücklich sein. Für mich fängt alles, was mein Unglück ist, mit Miguel an. Und mit Miguel hört es eines Tages auch wieder auf.

Eines Tages möchte ich lieben, nicht geliebt werden.

Als wir aus dem Lift stiegen, sagte er, er sehe Alain Delon ähnlich, ob mir das noch nie aufgefallen sei. Nein!

Manto hat immer zu mir Dacha gesagt, nach Sacha Distel. Aber eigentlich sehe ich aus wie Delon, sagte er.

Wir aßen Brote, tranken Tee aus Tante Gittas und Tante Lisls Porzellanservice, und auch wenn wir spät aus dem Kino kamen, schaute Miguel noch die Nachrichten und einen Nachtfilm an.

Ich schlief daneben ein. Er weckte mich, wenn er ins Bett ging, und ich ließ mich mitziehen. Einmal wöchentlich durfte er mit mir schlafen, das hatten wir vereinbart.

Das nächste Mal, als ich Weihnachten daheim verbrachte, war Dezember 1970, ein Jahr nach unserer

Hochzeit. Wir hatten uns darauf geeinigt, daß ich nach Österreich durfte, während Miguel, der keinen so langen Urlaub bekam, mit seiner Mutter nach Valencia fuhr. Er versuchte mich zum Bleiben zu überreden, aber auch seine Mutter sagte, daß eine Trennung gut sein würde.

Ich erinnerte ihn an das, was er gesagt hatte: Wenn meine Eltern ein paar Monate nach der Hochzeit Gelegenheit gehabt hätten, sich vorübergehend voneinander zu trennen, dann wäre die Ehe gutgegangen. Aber sie haben sich an die spanischen Sitten gehalten, und das hat das Zusammenleben zerstört.

Zum Heimflug nach Österreich, allein, durfte ich die hohen Stöckelschuhe anziehen, und ich trug zu den Schuhen und den Nylonstrümpfen den Lammfellmantel. Miguel und seine Mutter hatten ihn mir aufs Bett gelegt, im Schlafzimmer, ein Weihnachtsgeschenk, in Seidenpapier gehüllt. Das Leder war weich, eine Delikatesse von einem Kleidungsstück.

In den Nächten vor dem Flug überlegte ich immer wieder, was sein würde, wenn das Flugzeug über dem Meer abstürzte: Wie das Wasser um uns war, dann die Meerestiere durch die kaputten Fensterscheiben kriechen würden.

Ich stieg ins Flugzeug, elegant, mit Ohrclips, geschminkt, gepudert, frisiert.

Über Palma legte das Flugzeug sich in die Kurve, und ich sah das Wasser hellgrün und dunkelgrün unter mir.

Im Zug von München nach Linz teilte ich das Abteil mit einem Ehepaar aus Rumänien. Sie waren sehr alt und unterhielten sich leise.

Mein Mann ist krank, sagte die Frau immer wieder.

Sie erzählten, daß sie in der Hauptstadt wohnten. Ich versuchte ein Gespräch über Ceausescu. Mein Vater hatte Ceausescu oft gelobt, er sei liberal, lasse sich von den Sowjets nicht dreinreden.

Ach, der, sagte die Frau abwinkend.

Die Feiertage waren vorbei. Ich saß allein im Wohnzimmer, hinter mir stand der Gummibaum, den Mutti so schön pflegte, daß er groß und stark geworden war. Ich dachte, daß die Blätter lebendig werden und zu mir herübergreifen könnten. Im Haus war es still. Jeder schlief in seinem Bett.

Ich schrieb an Miguel. Dann entschloß ich mich, ihm mein Tagebuch zu schicken. Ich hatte es seit meiner Ankunft spanisch geführt, damit niemand mitlas. Ich hatte hineingeschrieben, daß ich mir mit 17 Jahren Kinder von Fernando wünschte.

Als ich das Tagebuch weggeschickt hatte, hoffte ich, er würde anrufen und mich bitten, nicht mehr zu kommen. Er sagte aber, er habe es gelesen, und er verstehe nun mehr, und er würde mit mir über vieles sprechen. Also flog ich zurück.

Ich habe es zerrissen, sagte er, als ich nach dem Tagebuch fragte.

Ausgerechnet ich, die Geizige, habe Miguels Mutter etwas geschenkt. Die Fläschchen. Die kleinen Parfumfläschchen, die ich von Heinz Papke habe. Die habe ich ihr überreicht, nimm, du hast nur Brot und Schokolade ...

Sie hat sie in einen Schrank gestellt, und als sie ihn aufmachte, um die Parfums einfach dort hineinzulegen – sie freute sich gar nicht, nahm sie einfach, sagte: ich danke dir –, sah ich dort eine große Flasche mit einer grünen Flüssigkeit, ein riesiges Parfum, ein französisches, und ich wollte die Fläschchen wiederhaben. Sie gehörten mir, ich hatte doch nur beweisen wollen, was für ein guter Mensch ich bin, wollte, daß sie sich freut, dachte, sie würde die Fläschchen aufmachen, an jedem einzeln riechen, so wie ich, aber sie hat sie weggelegt.

Miguel, sie soll mir die Fläschchen zurückgeben.

Du hast sie ihr geschenkt.

Ja, aber jetzt tut es mir leid. Sie hat doch selbst mehrere Parfums, das hat sie nicht gesagt.

Dann hat sie eben jetzt deine noch dazu.

Aber es ist – ich weiß nicht, wie es ist – ungerecht.

Ich bat sie selber um die Fläschchen: Entschuldige, ein Freund von meiner Mutter hat sie mir gegeben. Ich bin traurig.

Aber Kind, ich gebe sie dir zurück, wenn du sie zurückhaben willst. Soll ich sie dir geben?

Ja.

Ich hatte die Fläschchen wieder. Es war, als sei es um mein Leben gegangen. Ich würde sie nie mehr aus der Hand geben, diesen Beweis, daß einmal ich gemeint war. Das war lange her.

Für sie war ich Österreich. Ich, als Ganzes, wie ich hier stand, war eine Repräsentation eines Landes, sonst nichts. Die Verdienste Mozarts hingen an mir, der ganze Großglockner und die Neutralität. Aber das verstanden sie nicht, was Neutralität ist. Ich versuchte, es ihnen zu erklären.

Spanien war schon früher neutral, sagten sie. Adolf Hitler hat versucht, Franco in einen Krieg hineinzuziehen. Es ist ihm nicht gelungen. Franco hat ihm Armeen geschickt, Freiwillige, die ihm helfen sollten, den Krieg zu führen. Aber mehr nicht. Franco hat ihm gesagt, daß das Land ausgeblutet ist nach dem Bürgerkrieg, daß er keine Front macht. Er hat von Adolf Hitler ein Auto bekommen, einen kugelsicheren Mercedes, mit dem fuhr er noch immer.

Franco hat Hitler überlebt, er war klüger, sagte Miguel, klüger als alle. Franco hat Stalin überlebt, schau ihn an, den kleinen Alten, da ist er im Fernsehen, uns brauchst du nichts über Neutralität zu erzählen, wir sind neutral. Auf der Seite der Amerikaner, weil Amerika uns hilft gegen die Armut. Aber die Neutralität Spaniens besteht viel länger. Deutschland hat Kriege geführt. Wir nicht.

Der Nachbar Antonio mußte sich auf seine Kommandantenprüfung vorbereiten. Wenn er gute Englischkenntnisse nachweisen könnte, würde er mehr verdienen. Ich machte mit ihm zur Auffrischung ein wenig Konversation. Gloria, seine Frau, saß bei uns und nähte.

Antonio erschien mir als der ideale Mann, er wollte lernen. Ich verliebte mich plötzlich in ihn, haßte Gloria, die immer wieder zu uns herlächelte, Faden im Mund, Nadel im Mund, Stoff in den Händen.

Ich wollte, daß Antonio mich begehrte, und wäre bereit gewesen, mit ihm zu schlafen. Das Verlangen wurde immer stärker, je mehr ich seine Lippen anschaute bei den Vokabelübungen, die verrauchten, kindlichen Zähne, das kindliche Lachen.

Gloria wusch ihre Wäsche oft auf dem Balkon sitzend, mit einer alten Maschine, die Antonio manchmal reparierte. Er bastelte an einem Perpetuum mobile seit Jahren, baute Uhren und richtete alles, was kaputt war.

Sie sagte, sie sei froh, so eine alte Waschmaschine zu haben, denn die gebe Antonio immer wieder Arbeit.

Sie wusch für sieben Personen und drehte die Wäsche durch zwei Gummiwalzen. Auch meine Mutter hatte früher einmal so eine Maschine gehabt.

Gloria kochte für sieben und wusch das Geschirr für sieben, und ihre Küche war einfach und praktisch eingerichtet. Die Mädchen Quilla und Glorita halfen ein bißchen.

Sag einmal, Brigitte, glaubst du an Gott? fragte Gloria.

Ja, nein, warum?

Glaubst du oder glaubst du nicht? fragte sie streng.

Ja. Das heißt, ich glaube, daß Gott existiert. Aber ich bin nicht sicher.

Glaubst du daran, daß Jesus Gottes Sohn war?

Nein.

Dann hast du keinen Glauben.

Ich glaube nur an Gott.

Wenn du nicht an Jesus glaubst, dann glaubst du nicht, sagte sie.

Einmal hatte Gloria den Glauben fast verloren. Sie haderte mit Gott. Sie teilte ihm mit, daß sie nicht mehr an ihn glaubte. Das war, als ihr Kind starb, ein Jahr alt. Eines Morgens lag es im Bett, rosig, aber tot. Es war an einem Herzversagen gestorben.

Die Ärzte schnitten den Leichnam auf und sagten es ihr. Damals verstand sie Gottes Wege nicht. Aber dann wurde sie wieder schwanger. Und sie bekam Ana Maria.

Ich saß bei Gloria und hatte Hunger. Ich zitterte vor Hunger.

Du wirst doch nicht in dem Zustand sein? Nein, ich bekomme kein Kind.

Warum nicht? Es geht doch. Ihr seid jung, ihr liebt einander, ihr habt ein fixes Einkommen.

Wir wollen keine Kinder.

Wie kann man keine Kinder wollen! Ich habe fünf, und ich habe sechs gehabt, und ich würde noch ein siebentes und ein achtes zur Welt bringen. Kinder machen das Leben reich. Meine Mutter hat sieben Kinder gehabt, zwei fremde und fünf eigene. Es ist kein erfülltes Leben, wenn man keine Kinder hat.

Aber ich nehme die Pille.

Die Pille ist verboten. Das ist Sünde.

Wie hältst denn du das aus, Gloria? Soviel Arbeit, Tag für Tag?

Das ist, weil ich einen starken Glauben habe. Weißt du, ich war verliebt in Antonio. Damals habe ich in einem Büro gearbeitet. Mir die Gesangsstunden verdient. Ich wollte zur Oper. Eines Tages kommt Antonio und gefällt mir so gut, daß mir die Singerei nicht mehr wichtig ist. Obwohl, es hat auch Schwierigkeiten gegeben.

Einmal, ich sitze im Büro, kommt Antonio herein. Mit zu kurzen Hosen. Unten sind sie ein wenig über die Schuhe gestanden. Ich habe es nicht weiter wichtig gefunden, aber meine Bürokolleginnen haben gelacht. Nachdem der fort war, haben sie Witze über ihn gemacht. Und ich habe ihn plötzlich lächerlich gefunden. Ich habe eine Abneigung gegen ihn empfunden. Dann habe ich mich entschlossen, mit ihm darüber zu reden. Antonio, habe ich gesagt, du weißt, daß ich dich von ganzem Herzen liebe. Aber in letzter Zeit kommst du mir so lächerlich vor. Und nur, weil meine Bürokolleginnen dich wegen deiner Hose lächerlich finden. Du mußt sie dir länger machen. Verzeih mir, Antonio, daß ich es dir gesagt habe. Antonio hat mich in die Arme genommen. Er hat selbst gelacht. Ja, ich gehe immer in Hochwasserhosen. Und dann war der Spuk vorbei. Mir ist es von da an völlig gleichgültig gewesen, was die anderen gesagt haben. Ich habe ihn mir zum Mann genommen, und ich habe es nicht bereut.

Ich gab ihm Nachhilfestunden in Englisch. Jeden Nachmittag ging ich hinüber. Gloria saß im Zimmer und nähte. Antonio und ich beugten uns am Tisch über die Hefte und plauderten. Wir scherzten. Wir verliebten uns immer mehr, aber Gloria tat, als merke sie es nicht.

Verheiratet zu sein und verliebt, das verlieh dem Reiz der Verliebtheit etwas Zusätzliches: ein Verbot. Unüberwindlich, die spanischen Verhältnisse. Um so aufregender, zu Antonio zu gehen und in Gloria die Rivalin zu sehen, die alles duldete. Sie war fromm. Sie war ohne Arg. Sie schaute uns zu, wie wir uns vergnügten unter dem Vorwand »Englisch«. Dann ging sie mit ihren Kindern in die Kirche, weil Samstag war, und ich ging wieder heim.

Am Sonntag stand ich am Fenster und schaute durch die Jalousien. Auf dem Platz vor dem Haus stiegen Antonio, Gloria und die Kinder ins Auto. Ich wäre gern mitgefahren, aber ich mußte bei Miguel bleiben. Ich bekam Sehnsucht nach einer Familie und wünschte mir Glorias Tod. Sie sollte sterben. Ich würde die Familie übernehmen.

Immer wieder hatte ich später solche Phantasien. Denn von außen sah ein Familienleben so einfach aus. Jeder Mensch sah von außen so aus, als habe er keine Probleme. Jeder kam mir so vor, als gehe es ihm besser als mir. Und nur ich hätte diese schwarzen Gedanken, die farblose Angst, die Hitze in mir, eiskalt, die Geräusche in mir, die ganz stummen. Diese Unruhe, die Ratlosigkeit, das Unzufriedensein, dieses Immermehrwollen.

Gier nach Leben. So war ich nach Spanien gekommen. Essen, trinken, schlafen. Einmal nur ein Mensch sein. Nichts leisten müssen. Nach der Matura endlich einmal nichts mehr leisten müssen für Mutter und Vater. Einfach nur ich sein. Aber ich war in die Falle eines Mannes gegangen, der mich brauchte für seine Reputation. Der gute Ruf. Das äußere Ansehen. Etwas gelten in der Gesellschaft von Militärs und Offizieren und Geldverdienern. Und nicht einfach sich seines Lebens zu freuen. Was brauchten die Menschen wirklich? Ein Bild? Musik? Ein schönes Kleid?

Ich begann zu nähen. Röcke für mich, zwei lange, einen nach dem andern, mit Glorias Hilfe. Das gab mir ein wenig Selbstbewußtsein. Jetzt hatte ich etwas für mich gemacht und war fleißig gewesen. Gloria lobte mich.

Dann sagte sie: Ich habe es mir gedacht, daß eure Ehe nicht gut ist. Weißt du, warum? Einmal bist du mit dem Nähen nicht fertiggeworden und hast gesagt, du wirst es im Bett weiternähen. Damals habe ich mir gedacht, daß mit euch etwas nicht stimmt. Eine Spanierin, die glücklich ist, würde nicht im Bett nähen. Und wieder bedrängte sie mich: Glaubst du an Gott, Brigitte? Sag mir eines. Glaubst du?

Ich glaube an Gott. Aber an Jesus nicht.

Dann glaubst du nicht an Gott.

Sie war zum ersten Mal böse auf mich, und ich begann mich vor ihr zu fürchten. Fanatisch hatte sie gesprochen, zum ersten Mal. Vielleicht hatte sie eine solche Auseinandersetzung schon zu oft mit ihrem Mann geführt, der auch nicht glaubte. Aber sie wollte glauben. Anders fand sie keinen Trost als in der Religion. Sie mußte ja auch einen haben. Die Frauen brauchen das nicht. Nur die Männer, sagte sie. Für eine Frau ist es getan und geschehen und vorbei und ist nicht wichtig. Den Männern macht es Spaß. Wir bekommen dafür die Kinder. Wir sind unendlich reicher. Kinder sind das Größte, was man haben kann.

Das hatte auch Miguels Mutter gesagt: Ein Kind zu bekommen, das ist das Höchste.

Aber wenn es immer so weiterging, daß man Kinder bekommen mußte in dem Moment, in dem einem das Leben sinnlos erschien? Dann machst du ein Kind. Und wenn es dich nach dem Sinn des Lebens fragt, dann sagst du ihm: Krieg Kinder, dann siehst du schon. Und so immer weiter. – Ich wehrte mich gegen ein solches Leben.

Das ist, weil du ihn nicht liebst. Und er liebt dich schon. Du bist seelisch unreif, sagte Gloria.

Ja, vielleicht.

Du bist noch ein Kind.

Ja. Und deshalb will ich gehen. Ich bin für die Ehe nicht geeignet.

Manchmal wurde meine Vagina naß. Er sagte:

Wisch dich ab.

Bevor er mich vergewaltigte, sagte er, er wolle mich vergewaltigen, ich solle ins Bad gehen und ein Handtuch bringen und Toilettenpapier.

Er betupfte sein Glied, wenn er fertig war, mit dem Papier. Dann drehte er den Fernsehapparat auf.

Er sah fern, und ich las.

Manchmal fragte er, ob ich so freundlich sei, eine Seite zu übersetzen. Er müsse wissen, was ich lese.

Das tat ich dann, und er sagte: Hör auf, hör auf, diese Dummheiten kannst du dir sparen, das sind keine guten Bücher.

Ihm gefiel Frank Yerby. Kriminalromane. Er sah gern Wildwestfilme. Boxen. Fußball.

Respira hondo, dachte ich. Ich werde einmal einen Roman schreiben, den ich Respira hondo *nenne. Atme tief.*

Dann bemühte ich mich, neben ihm heimlich zu atmen. Tief mit dem Bauch. Er schrie noch immer neben mir. Er wisse, daß.

Ich hörte nicht mehr zu. Fortlaufen konnte ich nicht. Wenn ich zur Polizei ging, würden die Polizisten anrufen bei ihm und sagen: Ihre Frau ist hier. Er würde mich dann holen. Den Polizisten würde er erklären, daß alles, was ich redete, Lüge sei.

Damit hatte er ja schon früher geprahlt. Er verstehe es, die Menschen zu gewinnen. Er nehme sie für sich ein, mit einem Lächeln, am richtigen Ort, im richtigen Moment.

Respira hondo – Atme tief

In der Kirche in der Altstadt von Palma gibt es einen Mönch zu besichtigen, der schon vor vielen Jahren gestorben ist. Sein Leichnam liegt eingetrocknet, unverwest. Die Haut ist gelb wie Bronze.

Er hat einen sehr kleinen Kopf. Touristen können ihn bewundern, und fromme Spanier lassen eine kleine Spende in der Kirche zurück.

Ich habe alles falsch gemacht, schrieb ich. Ich brachte mehrere Seiten zustande.

Dann dachte ich, daß mein Vater kommen würde. Er würde alles durchsuchen, er würde sie finden, die Seiten, die bewiesen, daß mit unserer Ehe etwas nicht stimmte.

Ich wußte nicht, wo ich die Blätter verstecken sollte. Dann entschloß ich mich, sie zu vernichten.

Komm ins Bad, rief er, schau, was ich mir gekauft habe, Petroleum, für das Haar.

Er rieb sich die Kopfhaut damit ein.

Das ist gegen Haarausfall.

Du glaubst an so etwas?

Es ist »Petroleo Gal«. Eine sehr gute Marke. Mein Vater hat es immer gehabt. Darum weiß ich, daß es gut ist.

Aber dein Vater hat doch eine Glatze?

Ah ja. Du hast recht, gab er zu.

Meine Eltern waren zu Besuch.

Ich war überreizt, wenn Mutti und ich abends das Ufer entlanggingen, heimwärts, und ich ihr die Schönheiten von Mallorca gezeigt und doch nicht gezeigt hatte. Sie war nicht beeindruckt.

Wenn wir in die Wohnung kamen, machte ich mit Hunger und Gier eine Flasche Bier auf. Ich brauchte mein Brot mit Gemüse, und erst, wenn ich getrunken und gegessen hatte, fühlte ich mich wieder normal. Ich wurde böse auf meine Mutter, wenn wir nicht rechtzeitig nach Hause kamen.

Aufwachen um Punkt drei Uhr früh. Übelkeit. Die Stunde, in der Jesus starb, dachte ich. Ich stand auf. Mutti kam aus ihrem Zimmer. Ich lehnte mich im Bad an die Wand. Mir war schlecht. Ich erbrach ein bißchen Galle, dann schwitzte ich kalt am ganzen Körper.

Mein Gott, du bist so arm, sagte sie, so arm, du tust mir so leid, Brigitte, was hast du denn, ist dir schon besser?

Sie begleitete mich zum Schlafzimmer. Ich legte mich wieder ins Bett und schlief weiter.

Manchmal wurde es vier, bis ich wieder einschlafen konnte.

Miguel brachte Magdalena mit, zeigte ihr etwas im Wohnzimmer, dann kam er zu Mutti und mir in die Küche, wo ich mich mit ihr unterhielt. Wir verabschiedeten uns von dieser Nachbarin aus dem oberen Stock, die Miguel uns vorgestellt hatte, und als sie gegangen war, schrie er uns an. Warum wir nicht aus der Küche gekommen seien und uns mit ihr unterhalten hätten.

Brigitte, dieser Mann ist wahnsinnig, sagte Mutti. Sei still, bat ich.

Aber er ist wahnsinnig. Wie er dich anschreit. Daß du das aushältst?

Sei still, bitte, Mutti, sagte ich.

Ich konnte es ihr nicht erklären und wollte auch nicht.

Brigitte, ich muß dir etwas sagen, sagte Mutti. Du darfst nicht am Abend so viele Spangen in deine Haare tun. Und nicht Wimmerl ausdrücken und weiße Salbeitupfen ins Gesicht tun, wenn du ins Bett gehst.

Ich will aber so ausschauen.

Warum denn?

Damit er mich nicht anrührt.

Ach so, sagte sie.

Ich modellierte Papa. Daß du so geduldig bist, sagte

er immer wieder. Er saß auf einem hohen Hocker, die Hände auf den Knien, den Kopf aufrecht. Der Magen tue ihm weh, klagte er. Ich habe solche Magenschmerzen, sagte er. Und ich modellierte ihn, Gesicht, Wangen, Kiefer, Nase, Augenbrauen, Schnurrbart.

Ich habe solche Magenschmerzen, Brigitte.

Ich wußte nicht, was ich sagen sollte, er war ja Arzt. Wenn es ihm zuviel wurde, würde er schon aufhören, mir Modell zu sitzen.

Magenschmerzen hatte er immer gehabt. Es war oft davon geredet worden, und jetzt erschien es mir wie pure Bosheit. Als wolle er mir die Freude an der Arbeit verderben und vielleicht verhindern, daß ich sein Portrait machte.

Don Jaime stellte sich zu ihm, unterhielt sich mit ihm auf spanisch, und Papa sagte, er verstehe alles, ich brauchte nicht zu übersetzen, er könne ja Latein.

Das Portrait wurde fertig, dann fiel es aufs Gesicht. Ich mußte alles noch einmal neu machen.

Aber Papa flog weg.

Es ist ein Meisterwerk, sagte Don Jaime, als ich ihm die Arbeit zeigte. Ich hatte in Papas Abwesenheit alles noch einmal gemacht, im Versuch, mich an das, was ich gesehen hatte, zu erinnern.

Als ich in dem Bett aufwachte, das ich schon verlassen hatte und in das ich nie mehr hatte zurückkehren wollen, erschrak ich. Es war in der Wohnung immer noch sehr warm.

Ich dachte an meine Mutter. Warum nicht ihr alles schreiben.

Liebe Mutti, schrieb ich. Ich weinte so viel, daß die Tränen das Papier durchweichten. Ich schrieb ihr, daß ich nie heiraten hatte wollen, dann legte ich die Blätter, die sich bogen, zum Trocknen auf. Gaisbach fiel mir ein. Einmal in der Sommerfrische bei einer Freundin.

Mutti, bitte, hol mich. Sie kam, mit Franz, dem Mann von Hermi. Sie übte das Autofahren, sie trat dann aufs Gas statt auf die Bremse, und sie setzte sich nie wieder ans Steuer. Mutti, bitte, hol mich, konnte sie nicht hören, wenn ich in der Wohnung in Palma schrie, also schrieb ich. Ich sagte ihr alles. Das wenige, das es zu sagen gab. Daß ich mich vor Miguel gefürchtet hatte und vor daheim.

Gloria läutete an. Sie brachte Gazpacho, und ich fragte sie, ob sie den Brief aufgeben könne. Ich wagte es nicht, aus der Wohnung zu gehen, einen Brief zu frankieren, einen wahren Brief, zum ersten Mal, und ohne Miguels Erlaubnis.

Sie nahm ihn mit.

Es kam ein Brief von meiner Mutter. Sie erzählte von daheim und erwähnte beiläufig, daß sie Besuch gehabt hätten, ich solle raten von wem, Fernando sei gekommen, aber nur kurz geblieben, habe in einem Hotel übernachtet, habe sich erkundigt nach mir, wie es mir gehe, dann sei er mit seinen Freunden wieder abgereist.

Ich las es Miguel spanisch vor.

Und sonst schreibt sie nichts?

Nein.

Über ihn nur so wenig?

Ja.

Vaya! Was hat er gewollt?

Das weiß ich nicht, sagte ich.

Das trifft sich ja gut. Wir trennen uns, und er fährt zu deinen Eltern auf Besuch. Da kannst du mit ihm gleich weitermachen. Bitte, mir ist es egal. Du bist frei. Aber in meinem Haus war er. Das Haus deiner Eltern wird immer mein Haus sein, oder? Das ist doch ausgemacht.

Ja, natürlich, sagte ich.

Dann hat Fernando dort nichts zu suchen. Wenn deine Eltern ihn noch einmal empfangen, werde ich nicht hinfahren. Dann hat dein Vater keinen Freund mehr in mir. Und deine Mutter keinen spanischen Ex.

Er wird sowieso nicht mehr kommen.

Warum nicht?

Er wird erfahren haben, daß ich verheiratet bin.

Woher weißt du das? Steht das in dem Brief? Lies noch einmal vor, aber ganz genau.

Ich las es noch einmal vor. Es war seine Gewohnheit, etwas zwei- oder dreimal hören zu wollen.

Ich habe mit dem Heerespriester gesprochen, sagte er. Er sagt, unsere Ehe war ungültig, weil du nicht heiraten wolltest. Wir können uns scheiden lassen, das heißt, wir werden die Ehe kirchlich auflösen. Ich will, daß du noch so lange in Spanien bleibst, bis wir das geklärt haben. Mein Bruder Alberto heiratet am 31. Oktober in Valencia. Ich möchte, daß du mit mir zur Hochzeit meines Bruders fährst. Wir sprechen in Valencia mit einem Anwalt. Ich möchte, daß du dich auf der Hochzeit meines Bruders gut benimmst.

Wir waren mit dem Schiff gefahren, und das Meer hatte eine schwarze, nächtliche Farbe. Der Motor zukkelte und ratterte. Die Kabine war wie ein Zimmer aus Holz, mit dünnen Wänden, und die Betten aus Holz, wie in einer Baracke. Ich ging hinaus und über eine Treppe zu einer Bar, weil Miguel Hunger hatte. Er schickte mich, etwas zu essen zu kaufen, und als ich es zurückbrachte, nahm er es und begann zu kauen.

Er wollte, daß ich mich neben ihn setzte, und als er gegessen hatte, sagte er, ich solle nicht aufstehen, er habe mit mir zu reden.

Ich solle ihm erzählen, warum ich in Antonio verliebt sei.

Als er weiterfragte, nämlich, warum ich stets hinaufginge zu Antonio und zu Magdalena, merkte ich, daß er nicht wußte, wie sehr ich an Antonio, dem Nachbarn von nebenan, hing. Und daß ich zu Gloria gegangen war, wegen Antonio, aber wegen Antonio Mir, nicht wegen jenem Antonio über uns, der mir nicht wichtig war.

Du bist in Antonio verliebt, sagte er. Erzähle. Was empfindest du für ihn. Hure, Hure, Hure.

Und ich mußte mich auf das Bett legen, das gegenüber seinem Bett stand. Er sagte, nun würde er mich schlagen. Ich solle die Hände vom Gesicht nehmen, damit er mein Gesicht sehen und es mir zerschlagen könne.

Ich nahm sie vom Gesicht, weil er sagte, er würde mich erwürgen, wenn ich es nicht tat.

Dann hob er die Hand.

Ich hielt meine Hände vor.

Nimm die Hände weg.

Dann tat er, als würde er mich schlagen. Ich zerhaue dir alles, und dann gefällst du keinem mehr. Es war eine ziemlich lange Nacht. Er stellte sich neben die Tür der Kabine, knöpfte seine Hose auf. Leck mir den Schwanz. Wenn du es nicht tust, verläßt du das Schiff nicht lebend.

Er sagte: Leg dich ins Bett.

Du wirst in Österreich versuchen, die Ehe kirchlich aufzulösen. Dann bekommst du die Scheidung. Solange du die Scheidung nicht hast, bist du meine Frau. Wenn mir etwas passiert, bekommst du die Witwenpension. Die mußt du meiner Mutter geben. Du brauchst das Geld nicht. Du hast einen Vater, der dich ernähren kann. Ich will, daß du zu deinen Eltern zurückgehst. Wenn sie sich anständig benehmen, werde ich sie besuchen. Dein Vater hat mich gern und ich ihn auch. Im Grunde kann er froh sein, daß ich dich ihm zurückgebe und dich nicht in der Welt herumlaufen lasse. Sag ihm einen schönen Gruß von mir. Nein, sag ihm nichts. Ich werde ihm schreiben. Du wirst die Briefe an ihn, die ich ihm schreiben werde, übersetzen. Ich werde deinem Vater alles erzählen. Auch von Fernando, von Adalberto, und was du für eine Hure warst. Alles soll er wissen. Von Mann zu Mann werde ich mit ihm reden. Und daß du nicht mit mir schlafen wolltest! Daß du frigid bist. Daß ich mir beinahe die Geschlechtsteile wegoperieren lassen wollte, so sehr habe ich dich geliebt. Daß ich mich dir zuliebe entmannen lassen wollte. Später einmal, wenn du eine Frau bist, wirst du dich an mich erinnern. Du wirst dich nach meiner Potenz sehnen. Du wirst noch an mich denken. Denn du bist nur unreif! Unreif! Unreif!

Ich stellte mir vor, daß ich mit Menschen wie Robert Musil an einem Tisch sitzen würde. Ein Mann, der kein anderes Interesse hat, zehn Jahre lang, als ein bestimmtes Buch zu schreiben. Der alles für sein Buch opfert. Der Armut in Kauf nimmt, Einsamkeit, Isolation. Dem es um ein Buch geht und nicht um Waffen. Mit so einem Mann möchte ich leben. Einem solchen Menschen dienen. Für einen solchen Menschen kochen. Einem solchen Mann im Bett zu Willen sein.

Ja, ich möchte mit einem Mann schlafen. Endlich mit einem Mann, der ein richtiger, ein guter Mann ist. Einer, dessen Gedanken ich verstehe und gerne denke. Einer, der eine Verbindung auch zu mir hat. So einen Menschen wünsche ich mir, und ich hüte mich, es Miguel zu sagen. Daß nur ein anderer Mann mich von ihm trennt. Weil es bessere Männer gibt. Deshalb werde ich gehen, und das sage ich ihm nicht.

Wenn wir uns trennen, bekommst du alles zurück. Alles, was mir dein Vater gegeben hat, kannst du mitnehmen. Das Geld und die Gewehre. Nein, die Gewehre behalte ich. Dein Vater hat mich geliebt. Dein Vater ist traurig darüber, daß du so eine schlechte Frau bist. Dein Vater wird immer mein Vater bleiben. Ich bin dein Bruder. Ja, ich werde dein Bruder sein. Wenn wir uns trennen, werden wir gute Freunde bleiben.

Das glaube ich nicht.

Aber ich weiß es. Und du wirst dich bemühen, meine Freundin zu sein. Wenn ich mich verliebe, werde ich es dir erzählen. Ich stelle dir meine Frau vor, falls ich überhaupt heiraten werden. Nein, ich glaube, ich werde nicht mehr heiraten. Du wirst immer meine Frau bleiben. Jeder Frau werde ich erzählen, daß ich dich geliebt habe. Und wenn es mir nicht gelingt, glücklich zu werden, fahre ich nach Österreich und suche dich. Wenn du dann verheiratet bist und Kinder hast und mit deinem Mann und deinen Kindern in einem Park sitzt, gehe ich hin und erschieße zuerst deine Kinder vor deinen Augen, dann deinen Mann und zuletzt dich. Oder ich lasse dich leben. Ja, wahrscheinlich werde ich dich leben lassen. Damit du weißt, wie es ist, etwas Geliebtes zu verlieren. Denn ich habe dich mehr geliebt als meine Seele und meinen Körper und mehr als die Luft, die ich atme.

Aber nicht mehr als Franco.

Franco ist etwas anderes. Franco ist wie Gott und Vater zugleich. Nur Franco haben wir zu verdanken, daß wir leben, wie wir leben. Franco hat Spanien vor dem Kommunismus gerettet. Franco hat meiner Mutter ihre Würde zurückgegeben.

Wir lagen im Dunkeln nebeneinander. Über uns schwarze Luft. Diese Luft hieß »Leben ohne Miguel«, »Zukunft«. Was wird die Zukunft bringen? Wo werde ich liegen? In was für einem Zimmer? Was werde ich tun? Was für einen Beruf ausüben? Was für Menschen werde ich kennenlernen? Wie wird ein Leben ohne die Zukunft sein, die Miguel hieß? Wie werde ich mich daran gewöhnen, daß zum Einschlafen niemand da ist?

Eingeschlafen bin ich gern neben ihm, besonders in den letzten Wochen. Er drehte den Fernsehapparat auf, und ich schlief ein zu den immer gleichen Dialogen der Wildwestfilme.

Wir sahen *Los Persuasores, Die Zwei,* mit Tony Curtis und Roger Moore. Wir freuten uns gemeinsam auf die Musik, die diese Sendung ankündigte. Wir versuchten die Musik zu pfeifen, die Melodie zu finden, bevor wieder der Abend kam, einmal in der Woche, an dem die Sendung ausgestrahlt wurde. Tony Curtis und Roger Moore als witziges Paar auf Abenteuern.

Am nächsten Morgen auf dem Weg in die Schule, auf einmal, in einer Gasse, muß ich stehen bleiben. Fürchterliches Jucken in der Scheide. Es wird so stark, daß ich in ein Haus gehe, mich im Gang dort innen zu kratzen versuche. Das Jucken hört nicht auf. Ich nehme ein Blatt Papier aus meiner Tasche, knülle es zusammen, so daß es Ecken und Kanten hat, schiebe es in die Scheide, um den Juckreiz so mit dem harten Papier zu stillen. Ich kratze mich beinahe blutig und bin, obwohl Arzttochter, obwohl seit zwei Jahren mit einem Mann ständig zusammen, so naiv, daß ich nicht auf die Idee komme, Miguel könnte mit anderen Frauen geschlafen und mich angesteckt haben. Ich denke, so wie ich inzwischen geworden bin, daß das meine Schuld ist.

Zu wem werde ich die Füße hinüberschieben, wen werde ich berühren im Schlaf, ja, wer ist da? Auf wen werde ich lauschen, morgens, wenn er das Bett verläßt?

Denn ein Gutes hat Miguel gehabt: Er ließ mich morgens in Ruhe. Er stand auf, und ich wandelte im Halbschlaf in die Küche, mixte ihm seine Milch mit

Banane, Zucker und Zimt, legte mich dann ins Bett zurück. Er verlangte keine großen, keine gemeinsamen Frühstücke mehr. Seit wann eigentlich? Ja, ich glaube, seit er gesehen hatte, daß ich nachts aufwachte, Punkt drei Uhr früh, aufstand, ins Bad ging, mich dort übergab, dann zitternd und frierend, schwitzend und heulend neben der Toilettenmuschel saß.

Seit er wußte, daß ich nach solchen Anfällen, nach dem Galle-Erbrechen, wach neben ihm lag. Ab der Zeit ließ er mich morgens in Ruhe, und wahrscheinlich hatte er damals eine Geliebte.

Ich kümmerte mich nicht um das, was er tat, wenn er ganze Nachmittage allein am Strand verbrachte.

Er kam abends nach Hause, war ruhiger, war beinahe gütig geworden.

Und wenn ich in Spanien bleibe?

Dann erschieße ich dich. Du fährst heim!

An dem Tag, an dem Miguel und ich uns endgültig und endlich trennten, litt Miguel unter starken Zahnschmerzen. Er ließ sich in der Wohnung seiner Mutter das Haar schneiden, von einem Friseur, der eigens bestellt worden war. Wegen des Durchfalls, den er in der Nacht gehabt hatte, in Verbindung mit der Grippe und dem Fieber, konnte er am Tag nicht auf die Straße gehen.

Ich zog mir einen Pullover über den Kopf, in seiner Anwesenheit. Irgendwie blieb das Haar im Rollkragen hängen, bevor ich den Pullover ganz über den Körper gezogen hatte.

Jetzt bist du hübsch und weißt es nicht, sagte Miguel von seinem Stuhl aus, während der Friseur ihm die Haare schnitt.

Wir fuhren am Abend zum Hafen. Es regnete warm. Miguel stieg ins Schiff, und ich schaute gebannt hin, ob er wieder herauskommen würde, aber Alberto folgte ihm nach, und nach einer Weile kam Alberto wieder zurück, allein.

Das Schiff fuhr weg, und wir gingen zu den Autos.

Miguels Mutter begleitete mich am nächsten Tag zum Zug. Sie half mir den Koffer zu tragen und erklärte mir, wie unmöglich es sei, daß eine Frau einen Koffer allein trägt. Eine Frau sollte nie ohne einen Mann reisen.

Du wirst mir schreiben, Liebling, sagte sie, ich bin sicher, daß du mir schreiben und zu uns zurückkommen wirst.

Ich versprach, daß ich ihr schreiben würde, dann begann ich im Zug zu lesen.

8. Jänner 1972. 11.30 Abfahrt Valencia. 16.30 Barcelona. Sonne und Orangenfelder. Nah der Grenze abendlich dunkler Himmel. Berge mit Wäldern. Nackte Bäume. Trauer und Unsicherheit.

17.55 Ankunft Gerona. Kathedrale. Hohe, alte Häuser. Ein paar Lichter. Sagenstadt. Geparkte Autos.

El libro negro von Papini. Gespräche mit Hitler.

Als ich aus Spanien heimgekommen war, gab meine

Mutter mir das Sofa im Wohnzimmer zum Schlafen. Mein Koffer stand daneben, und eine meiner Schwestern benützte das Zimmer, das früher meines gewesen war.

Mein Vater sei böse auf mich, sagte sie, denn nun hätte ich Zeit verloren, wertvolle Jahre, und weil ich morgens dachte, ich müsse sterben und wisse aber nicht, wie, wollte ich mich nicht mehr bewegen und nicht mehr aufstehen, einfach, bis mir ein Grund zu leben eingefallen war.

Der Kerl soll die Mitgift zurückgeben, rief mein Vater. Die Mitgift, die will ich wiederhaben. Der soll sie dir schicken, schreib ihm, daß er sie zurückgeben muß. Das waren 50 000 Schilling von meinem schwerverdienten Geld.

Wie sollte ich mich in einer Wohnung einrichten, wenn ich in der Welt nicht leben wollte?

Früher hätte es mir Spaß gemacht, vielleicht, in Wien etwas zu mieten. Wenn eine Wohnung nur so groß gewesen wäre wie unser Haus daheim.

Mein Vater sagte zu mir: Der Narbeshuber, der ist so blöd, stell dir vor, der kauft seiner Tochter, der Ingrid, in Wien eine Wohnung.

Ich sagte ziemlich leise: Papa, wenn man ein Kind hat, hat man nicht nur Rechte, man hat auch Pflichten.

Dabei schaute ich ihn an, und ich sprach leise, weil ich die Wahrheit nur leise zu sagen wagte.

Geh, halt's Maul, du Mensch, antwortete er im Dialekt.

So kannten natürlich die Patienten ihren Arzt nicht, und einige von ihnen oder vielleicht auch viele hätten es sogar richtig gefunden, daß ein Mann so mit einer Frau sprach, die – nur – seine Tochter war. Denn die als Mädchen geborenen Kinder sind ja nur die Menschen, und das kommt von »das Mensch«, was etwas ganz anderes bedeutet als »der Mensch«.

Das Mensch ist mehr ein Gegenstand, eine Sache zum Verhökern, bei den Bauern, das man an einen Hof verkauft und gegen ein paar Rösser eintauscht. – Es sollte niemand behaupten, daß Mädchenhandel eine nur orientalische Sitte ist.

Meine Schwestern verwenden den Ausdruck noch heute, obwohl erwachsen, wenn sie streiten oder über eine andere weibliche Person in deren Abwesenheit etwas Abträgliches sagen wollen: blödes Mensch, und: des Mensch, des deppate, und ähnliches.

Statt »ein liebes Mädchen« sagt man bei uns daheim auch »a liabs Mensch«. Der Frauenverachtung in diesem Wort ist sich kaum jemand bewußt.

Eigentlich war ich damals nach Spanien gefahren, um der Sprache, die meist nur abwertet, zu entkommen. Ich wollte die Liebe erleben in einem Land, wo Lieben nicht nur Geschlechtsverkehr hieß. Wo mein Vater nicht mit mir über »Sexualorgane« sprechen konnte. Denn wenn ich einen Menschen anschaute, ob Mann oder Frau, hörte ich im Geist meist nur, was mein Vater nun sagen würde.

Ich hielt das für Denken, und dann war ich bei Miguel, der mir die Sprache meines Vaters ersetzte.

Als mir im siebten Stock eines Hochhauses klar wurde, im Sommer 1993, daß ich mich stets vor Miguel gefürchtet hatte, fiel mir ein, ich könnte an Fernando einen Brief schreiben. Auch wenn ich ihn nicht abschickte. Aber ihm schreiben, so als redete ich mit ihm. Warum war ich nicht schon früher darauf gekommen, wenn ich in Wien in den Nächten aufstand und an Christine schrieb, die in England lebte, an Karin, an Krystyna, an andere Personen, an Männer auch, zum Beispiel an den Buchhändler Reinhold Posch?

Ich las im Sommer 1993 ein Buch von Adolf Holl. Wir glauben nicht, wir haben Angst, stand darin. Auf einmal war mir, als hätte ich den Schlüssel in meinen Händen. Ich habe an Miguel nicht geglaubt, ich habe Miguel nicht geliebt, oder nicht genug, von Anfang an nicht, und ich habe vor ihm Angst gehabt.

Ich schrieb: Lieber Fernando. Und dann schrieb ich ihm, was ich mit 17 nicht schrieb. Ich erzählte ihm von der Prüfung, der Nachprüfung in Physik. Vom Geschrei meines Vaters. Von meiner Mutter und meinen Schwestern. Und was immer es zu erzählen gegeben hätte, wäre noch das Jahr 1966 gewesen und hätte ich damals mein Herz geöffnet.

Aber wohin sollte ich den Brief schicken? Mir war, seit ich mich an ihn wandte, als hätte ich immer nur ihn gemeint, in allen Wesen, denen ich Briefe schrieb, die ich streichelte. Und auf einmal war mir, als sei er bei mir im Zimmer.

Ich dachte: Er ist gestorben, und seine Seele besucht mich. Sein Geist, sein Lächeln. Dann versuchte ich seine Adresse zu bekommen. Er ist 1942 geboren oder 1943, am 15. Juli, in Cali, Kolumbien. Er hat Medizin studiert. Eine Schwester von ihm hieß Amanda, sie tanzte beim Staatsballet. Sie war Primaballerina. Seine Mutter hieß, ich weiß nicht mehr wie. Nachname der Mutter: Rojas. Fernando Rivera Rojas.

Ich fuhr nach Wien und rief die Auskunft an. Kolumbien, Cali oder Bogota. Ein gewisser Fernando Rivera Rojas.

Ich ging in Bogota auf die Suche. In einem Theater wußte man, wer Amanda Rivera gewesen war. Es gibt sie noch, sagte die Theaterdirektorin. Sie lebt in den USA und ist zur Zeit in Europa. Sie ist meine Freundin. Sie heiratet in diesen Tagen.

Ich fuhr nach Cali. Auch Fernandos Mutter war in Europa. Die Theaterdirektorin hatte mir die Adresse gegeben. Ich fuhr nach Popayan, wo ein Bruder Fernandos wohnte. Seinen Namen hatte ich vergessen.

Die Schwägerin Fernandos sagte: Als du gekommen bist, habe ich geglaubt, Beatriz ist das. Fernando hat eine Frau geheiratet, die dir ähnlich sieht.

Ich flog nach Madrid. Fernando kam zum Flughafen. Bevor ich ihn sah, war seine Stimme an meinem Ohr. Es war dunkel um meine Augen, denn er hatte mich umarmt, war auf mich zugegangen, ohne daß ich ihn kommen sah.

Ich hatte auf die Flughafenuhr geschaut. Es war nach acht. 26 Jahre sahen wir uns nicht.

Bleibe ruhig, sagte er.

Dann stellte er mir seine Frau vor.

Er hatte einen grauen Vollbart, war mager, und er war häßlich. Er lächelte nicht mehr so wie früher, er war größer, und ich sagte es ihm.

Das ist, weil du flache Schuhe trägst. Früher bist du mit Stöckeln gegangen, sagte er.

Fernando, ich hätte dich nicht wiedererkannt auf der Straße.

Er war es nicht mehr.